¿Inocente
o culpable?

Michelle Reid

Bianca™

HARLEQUIN™

Editado por HARLEQUIN IBÉRICA, S.A.
Núñez de Balboa, 56
28001 Madrid

I.S.B.N.: 978-84-671-7176-1
Depósito legal: B-18329-2009
Editor responsable: Luis Pugni
Preimpresión y fotomecánica: M.T. Color & Diseño, S.L.
C/. Colquide, 6 portal 2 - 3º H. 28230 Las Rozas (Madrid)
Impresión y encuadernación: LITOGRAFÍA ROSÉS, S.A.
C/. Energía, 11. 08850 Gavá (Barcelona)
Fecha impresion para Argentina: 21.12.09
Distribuidor exclusivo para España: LOGISTA
Distribuidor para México: CODIPLYRSA
Distribuidores para Argentina: interior, BERTRAN, S.A.C. Vélez
Sársfield, 1950. Cap. Fed./ Buenos Aires y Gran Buenos Aires,
VACCARO SÁNCHEZ y Cía, S.A.
Distribuidor para Chile: DISTRIBUIDORA ALFA, S.A.

Capítulo 1

RETREPADO en su sillón a la cabecera de la mesa de la sala de juntas, Leo Christakis, una dinamo humana de treinta y cuatro años y jefe absoluto del imperio empresarial Christakis, mantenía la sala en una especie de tensión casi rígida por el poder de su silencio.

Nadie se atrevía a moverse. Todos los dosieres sobre la larga y lustrosa mesa permanecían cerrados. Salvo por el informe abierto delante de Leo. Y cuando los minutos avanzaron con agónica lentitud hacia los diez, hasta el acto de respirar se convirtió en un ejercicio difícil.

La postura en apariencia relajada de Leo era peligrosamente engañosa, lo mismo que el pausado tamborileo de los dedos sobre la madera mientras seguía leyendo.

Leo sabía que alguien de la junta se iba a ver salpicado de porquería por haber estado desviando dinero de la empresa. Y lo que de verdad lo enfadaba era que la estafa era tan chapucera que cualquiera con una comprensión rudimentaria de aritmética podría verlo a un kilómetro. Por lo tanto, la lista de empleados que se atreviera a creer que podría escapar impune de robarle de esa manera se podía reducir a uno solo.

Rico, su vanidoso, superficial y egoísta hermanastro y la única persona que se había ganado un puesto en la empresa sólo por favor.

En otras palabras, familia.

Enfadado, maldijo para sus adentros. ¿De dónde diablos había sacado Rico la idea de que podría librarse bien de algo así? Era bien sabido en esa organización global que cada división de la empresa se veía sometida de forma regular y aleatoria a auditorías internas con el propósito exclusivo de disuadir a cualquiera de intentar llevar a cabo eso mismo. Era la única manera en que una multinacional de ese tamaño podía esperar mantener el control.

Que necio arrogante. ¿No le bastaba con recibir un sueldo generoso por no hacer prácticamente nada? ¿Cómo había llegado a pensar que podría meter la mano en el cazo en busca de más?

—¿Dónde está? —demandó, haciendo que media docena de cabezas se alzara al súbito sonido de su voz.

—En su despacho —respondió Juno, su secretario de Londres—. Se le informó sobre esta reunión, Leo —añadió el hombre joven.

Leo no lo dudó, como no dudó de que todos los allí sentados creían que Rico estaba a punto de recibir su merecido.

Su hermanastro era un parásito social. Y no hacía falta ser un lince para ver que a la gente que trabajaba duramente para ganarse la vida no le gustaba los vividores como Rico.

Theos. Mientras entornaba otra vez los párpados, llegó a la conclusión de que había poca esperanza de echar tierra sobre el asunto con tantas personas al corriente de lo sucedido y que en silencio exigían la sangre de Rico.

¿Quería encubrir a Rico? La respuesta era sí, prefería asumir un encubrimiento que encarar la alternativa.

Un ladrón en la familia.

Sintió una oleada renovada de furia. Cerró la carpeta antes de ponerse de pie en su imponente metro noventa de altura con un impecable traje oscuro a rayas finas.

Juno lo imitó.

–Iré a...

–No, no lo harás –ordenó con su inglés levemente acentuado–. Iré yo.

Todos se movieron incómodos en los asientos al tiempo que Juno volvía a sentarse. Rodeó su sillón y atravesó la puerta de la sala sin molestarse en mirar a nadie más.

Como tampoco se molestó en mirar a los lados al cruzar el lujoso vestíbulo ejecutivo de las oficinas londinenses de Christakis. De haberlo hecho, habría visto que las puertas del ascensor se abrían...

Se hallaba demasiado ocupado maldiciendo el repentino ataque al corazón que dos años atrás le había arrebatado a su querido padre, dejándolo con la desdichada tarea de hacer de niñera de dos de las personas más irritantes que había tenido la desgracia de conocer: su nerviosa madrastra italiana, Angelina y el adorado hijo de ésta, Rico Giannetti.

Estaba impaciente por que llegara el cada vez más cercano día en que se celebrara el matrimonio y Rico se largara con su ingenua esposa a su nativa Milán para vivir allí con Angelina.

Siempre que consiguiera librar a Rico de ese desastre sin comprometer su propia reputación y posición en la empresa, desde luego, o aquél no iría a ninguna otra parte que no fuera la cárcel.

Suspiró.

¿Qué haría Natasha si descubriera que estaba apunto de casarse con un ladrón?

Aunque era un misterio para él por qué su hermanastro había elegido casarse con la distante y estirada Natasha Moyles. No era la celebridad jovencita con las que solía aparecer Rico. De hecho, tenía una curvilínea figura casi perfecta de piernas largas que estropeaba con una horrorosa elección de ropa. Y con él siempre se mostraba cortés y también fría.

Otro acertijo que no lograba desentrañar era cómo se había podido enamorar de un ocioso donjuán como Rico. ¿La atracción de los opuestos? ¿Acaso ese disfraz ecuánime y remilgado se deshacía junto a su hermanastro?

Quizá en el dormitorio se transformaba en una diosa del sexo, ya que desde luego poseía el potencial para serlo con esas suaves y femeninas curvas, los ojos azules y la boca carnosa y sexy, que parecía suplicar que la besaran...

Theos. Volvió a maldecir para sus adentros cuando una sensación familiar y ardiente le atenazó las entrañas con el fin de recordarle cuánto podía afectarlo la boca de Natasha Moyles...

Mientras a su espalda el objeto de sus pensamientos salía del ascensor y se detenía al captar su figura alta y elegante caminando por el pasillo del otro lado del vestíbulo.

Natasha sintió un aleteo en el corazón y durante un instante llegó a considerar la posibilidad de ceder al súbito impulso de meterse otra vez en el ascensor e ir a ver a Rico cuando su hermanastro no anduviera por allí.

No le gustaba Leo Christakis. Hacía que se sintiera nerviosa y tensa con su arrogancia mundana y sus suaves sarcasmos que siempre lograban dar en cada inseguridad que poseía.

¿Es que creía que jamás notaba la sonrisita sardónica que exhibía cuando tenía la oportunidad de observarla? ¿Es que pensaba que era divertido lograr que se paralizara con una agónica timidez porque sabía que se burlaba del modo en que ella prefería esconder sus curvas en vez de exhibirlas como el resto de mujeres que zumbaba alrededor de él?

Con rapidez se dijo que no importaba lo que pensara de ella Leo Christakis, al tiempo que se negaba a reconocer cómo sus ojos persistían en mirarlo.

No estaba allí por él. No era más que el hermanastro arrogante, presumido y autoritario del hombre con el que se suponía que iba a casarse en seis semanas. Y a menos que Rico tuviera algunas respuestas buenas a las acusaciones que iba a hacerle, ¡entonces ni siquiera habría boda!

Sintió que palidecía al recordar la escena que esa mañana alguien solícito le había enviado a su teléfono móvil. No entendía el placer que experimentaban algunas personas en mandarle a otra imágenes de su novio en brazos de otra mujer. ¿Acaso creían que porque estaba relacionada con la industria de la música pop no tenía sentimientos que pudieran herirle?

Dejó de mirar a Leo y bajó la vista a las manos temblorosas que sostenían el bolso. No sólo estaba herida, sino que se moría. O lo hacía su amor por Rico, corrigió. Porque ésa había sido la gota que había colmado el vaso, la última vez que iba a hacer la vista gorda y oídos sordos a los rumores de que la engañaba.

Había llegado la hora de plantarle cara.

Con los labios apretados, avanzó por la alfombra gris y entró en el pasillo que conducía al despacho de Rico, siguiendo la estela del ya olvidado Leo Christakis.

La puerta estaba cerrada. Leo ni se molestó en llamar antes de girar el pomo y abrirla y entrar, preparado para hacerle pasar un mal rato a Rico Giannetti. Pero se quedó paralizado ante la visión que se encontró.

Durante unos segundos se preguntó si estaba soñando. ¡Costaba tanto creer que hasta Rico pudiera ser tan vulgar! Delante del escritorio se encontraba su hermanastro con los pantalones alrededor de los tobillos y un par de esbeltas piernas femeninas alrededor de la cintura. El aire en el despacho estaba lleno de jadeos y gemidos emitidos por la desnuda y no tan remilgada mujer tendida en la superficie de la mesa.

Había ropa diseminada por todas partes. El olor a sexo era fuerte. El mismo suelo bajo los pies de Leo vibraba por las urgentes embestidas de Rico.

—¿Qué demonios...? —soltó con una encendida explosión de disgusto en el momento en que un sonido por completo diferente detrás de él hizo que girara en redondo.

Se encontró mirando la cara atónita de la novia de Rico. ¡Él mismo se sintió confuso porque había creído que la rubia tendida en el escritorio era ella!

—¿Natasha? —musitó sorprendido.

Pero ella no lo oyó. Se hallaba demasiado ocupada viendo su peor pesadilla confirmada por las dos personas que empezaban a comprobar que no estaban solas. Mientras miraba como desde una gran distancia, vio que la atractiva cabeza de Rico se alzaba y giraba. Sintió el estómago revuelto cuando los ojos llenos de pasión de él conectaron con los suyos.

Entonces la mujer se movió y los ojos de Natasha fueron hacia los azules de la rubia que se asomó por el costado del cuerpo de Rico. Las dos se miraron... sólo eso.

—¿Quién...? —Leo giró hacia el otro lado y descubrió que los dos amantes ya eran conscientes de su presencia.

La mujer trataba de desenredarse mientras se apoyaba sobre un codo al tiempo que empujaba el torso de Rico con una mano esbelta. Al verla, Leo sintió el verdadero horror de lo que estaban contemplando.

Era Cindy, la hermana de Natasha. Dos rubias con ojos azules y una diferencia de edad que hacía que Cindy pareciera aún una cría.

Miró a Natasha, pero ésta ya no se encontraba detrás de él. Su tensa figura iba por la mitad del pasillo en dirección al ascensor.

En su interior bramó una furia en nombre de esa mujer vejada. Volvió a encarar a los dos amantes. Las graves preguntas que Rico debería estar respondiendo de pronto volaron de su cabeza.

—Conmigo has terminado, Rico —bramó—. Vístete y lárgate de este edificio antes de que ordene que te echen... ¡y llévate a esa mujerzuela contigo!

Luego salió y cerró a su espalda antes de correr en pos de Natasha, experimentando una extraña sensación de poder después de que Rico le hubiera brindado un motivo para expulsarlo de su vida.

Las puertas del ascensor se cerraron antes de que pudiera llegar. Maldijo con los dientes apretados y se lanzó hacia las escaleras. Una planta más abajo y el ascensor único que subía hasta la última planta se ampliaba a tres que abarcaban todo el edificio. Alzó la vista y justo antes de meterse en otro ascensor que lo trasladara al mismo destino que ella, vio que Natasha se dirigía al sótano.

Sentía el corazón desbocado... *Theos*, el sexo lograba ese efecto. A pesar de que lo que acabara de verse fuera enfermizo y repulsivo, aún poseía esa desagradable manera de interpretar su propia canción en la sangre de cualquiera.

Salió del ascensor y se detuvo para mirar alrededor del aparcamiento del sótano. El Mini de Natasha sobresalía como una resplandeciente mancha roja en un turbio mundo de negros y platas a la moda. Entonces la vio. Se apoyaba en el coche y los hombros le temblaban. Pensó que estaba llorando, pero al acercarse descubrió que se hallaba violentamente enferma.

—Está bien... —musitó por alguna estúpida razón, ya

que nada podía estar menos bien, y apoyó las manos en sus hombros.

–¡No me toques! –se apartó de él.

–¡No soy Rico! –espetó ofendido–. ¡Así como tú no eres la cerda de tu hermana...!

Ella se volvió y lo abofeteó con fuerza.

El sonido reverberó en el sótano al tiempo que Leo se equilibraba sobre sus talones por la sorpresa. Natasha no paraba de temblar por los restos de esa abrumadora violencia que la había impulsado a girar y soltar la mano. ¡En la vida había hecho algo semejante!

De pronto tuvo que doblarse por otro ataque de náuseas al tiempo que sollozaba, temblaba y se agarraba al coche con uñas que arañaban la lustrosa pintura roja.

Rico con Cindy... ¿cómo había podido?

¿Cómo había podido su *hermana*?

Un par de manos de dedos largos se atrevió a volver a aferrarla por los hombros. No se apartó, simplemente se apoyó contra él mientras el último contenido de su estómago aterrizaba a simples centímetros de sus zapatos negros de tacón bajo. Cuando terminó, apenas era capaz de mantenerse erguida.

Con los labios apretados, Leo siguió sosteniéndola mientras ella sacaba un pañuelo de papel del bolso y se limpiaba la boca. Bajo sus dedos todavía podía sentirla temblar. Tenía la cabeza inclinada y exponía una nuca fina y larga. Esa sensación caliente titiló en su interior otra vez y apartó la vista de ella, preguntándose qué diablos iba a hacer a continuación.

Una parte de su cerebro le decía que ella no era su problema. Tenía que dirigir una reunión de la junta y encargarse de una grave discrepancia económica, aparte de una docena más de cuestiones antes de regresar esa noche en avión a Atenas y...

Su siguiente pensamiento fue persuadir a Natasha de volver al ascensor para llevarla a su despacho a que se recobrara. Pero no podía garantizar que llegaran allí sin que Rico o la hermana de ella los vieran y se iniciara otra escena desagradable.

–¿Estás bien ya? –se atrevió a preguntar en cuanto los temblores se mitigaron un poco.

Ella logró asentir una vez.

–Sí. Gracias –susurró.

–Éste no es momento para buenos modales, Natasha –respondió con impaciencia.

Se apartó de él, odiándolo por estar allí y presenciar su completo desplome. Una cosa era que se enterara de primera mano de que Rico la engañaba, y otra muy distinta que lo viera hacerlo con su propia hermana.

Pensar en ello renovó las náuseas en su estómago. Afanándose por controlarlas, hurgó en el bolso en busca de las llaves, luego abrió el Mini con la intención de sacar la botella de agua que siempre llevaba dentro. Tuvo ganas de meterse ante el volante y alejarse de todo, pero sabía que aún no se hallaba capacitada para conducir. Seguía demasiado enferma y mareada por el horror y la conmoción.

Al volver a erguirse, tuvo que esquivar el vómito. Él no se movió ni un centímetro, de modo que lo rozó en su esfuerzo por obtener un poco de espacio. Pensó que fue como tocar un alambre de espino al sentir los aguijonazos por todo el cuerpo, que la obligaron a retroceder aturdida contra el coche.

Manteniendo la vista baja, abrió la botella de agua y se la llevó a los labios para poder tomar un par de sorbos. Le martilleaba la cabeza y sentía la garganta tan cerrada que tuvo que luchar para tragar el líquido. Y él continuó allí de pie como una sombra oscura, cancelando su capacidad de pensar al tiempo que la hacía cobrar conciencia de la insignificancia sus diminutos ciento sesenta y cinco centímetros en comparación con la avasalladora estatura de él.

Y mientras permanecía allí, negándose a mirarlo, pudo sentirlo luchar contra el impulso de comprobar la hora, porque debía de tener cosas más importantes que hacer con su tiempo que desperdiciarlo allí con ella.

—Estaré bi... bien en un minuto —logró decir—. Ya puedes volver a tu oficina.

Leo captó que lo decía como si sólo viviera para el trabajo. Adelantó el mentón. Natasha Moyles siempre tenía una forma única de provocarlo con sus modales educados y distantes o con sus miradas frías que lo descartaban como si no fuera algo digno de su atención.

Se lo había estado haciendo desde que los presentaron en el apartamento de su hermanastro en Londres.

Metió las manos cerradas en los bolsillos de sus pantalones, revelando la impecable pechera de la camisa blanca hecha a medida. Ella se movió como si la acción, de algún modo, la amenazara.

—Bebe unos sorbos más de agua y deja de intentar creer que sabes lo que pienso —le aconsejó con frialdad, sin gustarle un ápice las sensaciones que no dejaban de atacarlo.

—Yo no intentaba...

—Sí —la interrumpió, añadiendo con sequedad—. Puede que yo te desagrade intensamente, Natasha, pero concédeme un poco más de sensibilidad que abandonarte aquí después de lo que acabas de presenciar.

¡Pero no poseía la suficiente sensibilidad como para dejar de recordárselo! ¡Otra vez se vio arrastrada por ese horror! Su mundo interior comenzó a darle vueltas y el gemido que debió de emitir hizo que él volviera a sujetarla por los brazos. Quiso quitárselo de encima, pero descubrió que no podía.

Necesitaba su apoyo porque tenía la espantosa sensación de que sin él iba a verse tragada por un gran agujero negro.

De repente en el aparcamiento reverberó un *bip* espectral. Era el ascensor de ejecutivos que subía llamado por otros pasajeros. Leo contuvo una maldición al tiempo que Natasha alzaba la cabeza para mirarlo, y esos ojos azules chocaron con los suyos castaños. Durante largo rato ninguno de los dos se movió, atrapados por una extraña energía.

«*Theos*, es hermosa», se oyó pensar Leo.

Al ver que iba hacia la puerta abierta del coche, se adelantó a ella y le sujetó la muñeca mientras cerraba y luego le quitaba las llaves de la mano.

—¿Qué... qué...?

El tartamudeo fue cortado en seco por un hombre acostumbrado a tomar decisiones instantáneas. Leo se volvió y prácticamente la llevó a la fuerza hacia donde tenía aparcado su lustroso y aerodinámico coche negro.

—¡Yo puedo conducir! —protestó al darse cuenta de lo que hacía.

—No, no puedes.

—Pero...

—Podría ser Rico el que saliera de ese ascensor —le soltó—. Así que decídete, Natasha. ¿Con cuál de los dos preferirías estar en este momento?

Ese comentario brutal logró que su mente se llenara con la imagen de lo que había contemplado arriba.

Leo abrió la puerta y la ayudó a entrar. Ella obedeció sin quejarse, y accidentalmente dejó caer la botella de agua. En ese momento apareció Rasmus, su jefe de seguridad, y sin decir una palabra, Leo le arrojó las llaves del coche de Natasha sin necesidad de darle ninguna instrucción. El hombre desapareció, sabiendo exactamente qué se esperaba de él.

Leo arrancó y con un chirrido de gomas se dirigió hacia la salida. El tráfico de primera hora de la tarde los encontró sumidos en una atmósfera de tensión emocional. Un minuto más tarde, sonó el teléfono del coche y la pantalla en el salpicadero centelleó con el nombre de Rico. Movió un interruptor en el volante y el teléfono se apagó.

Diez segundos más tarde, el teléfono de Natasha comenzó a sonar en su bolso.

–Ignóralo –soltó él.

–*¿Crees que soy estúpida?* –replicó ella.

Entonces, ambos mantuvieron el silencio denso y palpitante mientras sonaba el aparato, hasta que el buzón de voz se encargó de recibir ésa y todas las llamadas que no dejaron de sonar mientras cruzaban Londres y la adrenalina fluía por el torrente sanguíneo de Leo haciendo que aferrara el volante con demasiada fuerza.

Ninguno habló. Él no sabía qué decir si no incluía una andanada de obscenidades que sin duda harían que ella palideciera aún más.

Por otro lado, Natasha se había aislado dentro de un mundo pequeño y frío lleno con repeticiones de lo que había presenciado. Sabía que la conducta de su hermana estaba fuera de control, pero jamás había pensado que Cindy caería tan bajo como para...

En realidad, Cindy no deseaba a Rico. Ni siquiera le caía muy bien, pero no soportaba la idea de que Natasha tuviera algo que ella no hubiera probado antes.

Con dolor, pensó que era egoísta hasta la médula. Había sido consentida por unos padres a los que les gustaba creer que su hija pequeña era la criatura más dotada de la tierra. Era más bonita que Natasha, más extrovertida que Natasha. Más divertida, vivaz y creativa que lo que Natasha podría querer, ser o tener algún día.

Sus padres decían que estaba bendecida, porque

Cindy era capaz de cantar como un pájaro y era el último descubrimiento pop que prometía iluminar la escena británica. Después de una aparición en una competición de canto en la televisión nacional, la de Cindy era la cara que todo el mundo reconocía, mientras la suya permanecía como una sombra de fondo. Natasha era la mujer tranquila e invisible cuyo trabajo era asegurarse de que todo marchara a la perfección en la vida llena de talento de su hermana.

En ese momento, cuando todo se había vuelto tan desagradable y feo, se preguntó por qué había consentido que sucediera. Por qué había aceptado detener su propia vida para dejarse arrastrar a desempeñar el papel de niñera de una joven malcriada a la que siempre le había molestado tener una hermana mayor con la que compartir algo.

Porque había sabido que sus padres mayores no podían controlar a Cindy. Porque a partir del momento en que se había descubierto el talento de Cindy para el canto, se había dado cuenta de que tenía que intentar que no descarrilara.

«Y sé sincera contigo misma, Natasha. Al principio tú también te sentiste entusiasmada de formar parte de la vida fabulosa de Cindy».

A ésta, desde luego, le molestaba su presencia. «Aprovechas mi estela», le había dicho. No se dio cuenta de que había hablado en voz alta hasta que Leo preguntó con tono hosco:

–¿Has dicho algo?

–No –musitó, pero era exactamente en lo que se había permitido transformarse: una patética gorrona que seguía la estela de la popularidad de su hermana.

Conocer a Rico había sido como redescubrir que era una persona real por derecho propio. Y como una estúpida había creído que se había enamorado de ella por sí misma y no por su hermana.

«Qué chiste», pensó. «Qué chiste enfermo y pútrido».

Rico con Cindy...

Unas lágrimas de dolor le quemaron la garganta.

Rico haciendo con Cindy lo que siempre se había contenido de hacer con ella...

–Oh –se le escapó un gemido ronco.

–¿Estás bien?

«¡Claro que no estoy bien!», tuvo ganas de gritarle. «¡Acabo de presenciar cómo mi novio tenía relaciones sexuales con mi hermana!».

–Sí –susurró.

Leo apretó los dientes y le dedicó una mirada con la que descubrió que seguía sentada con la cabeza gacha y los finos dedos unidos encima de su bolso.

Se preguntó si Rico habría tomado a esa mujer del modo en que había estado poseyendo a su hermana.

Como si pudiera oír sus pensamientos, ella alzó el mentón en un gesto extrañamente orgulloso y clavó la vista al frente. Él pensó que poseía el perfil perfecto de una madona casta. Pero al mirar esa boca, le recordó que no eran los labios de una madona pura. Era una boca suave, muy exuberante y sexy, con un labio superior corto y vulnerable y uno inferior carnoso que simplemente imploraba...

Ese calor súbito lo agarró justo del lugar del que no debía... y empecinado lo achacó a un residuo de lo que le había pasado al bajar en el ascensor.

Pero sabía que no era así. Llevaba luchando contra una ardiente curiosidad sexual por Natasha Moyles desde que la conoció en la fiesta de compromiso con Rico. La hermana de ella había estado presente, reclamando el protagonismo y encandilando a todo el mundo con su deslumbrante cualidad de estrella, embutida en un tenue vestido de color carne diseñado para exhibir su figura curvilínea y el cabello arreglado de tal manera que flotaba alrededor de su rostro exquisito y resaltaba sus candorosos ojos azules.

Natasha había estado vestida de negro. Entonces lo había sorprendido, porque se suponía que era su fiesta, y a pesar de eso había elegido llevar el color del luto. Recordó habérselo comentado.

Se encogió levemente de hombros. Quizá no debería haber realizado dicho comentario. Tal vez debería haberse guardado su opinión sarcástica para sí mismo, y no habría recibido un silencio gélido como respuesta.

Desde aquel momento apenas habían intercambiado algún comentario cortés.

Con una mueca irónica reconoció que ella había mostrado un desagrado instantáneo hacia él.

De modo que a Natasha no le gustaban los griegos altos, morenos y directos.

Y él prefería que una mujer fuera suave y tuviera forma.

Rico no.

Natasha tenía ambas cosas.

Frunció el ceño mientras cruzaba el río. Entonces, ¿qué diablos había estado haciendo Rico con ella? ¿Es que el idiota había empezado un juego con una hermana para obtener acceso a la otra? Natasha no era el tipo de mujer con el que se jugaba. Ella jamás lo entendería. ¿Acaso su egoísta hermanastro había descubierto que tenía conciencia entre el período transcurrido desde los inicios con Natasha y la petición de matrimonio de unas semanas atrás?

En ese caso, la mala conciencia no había durado lo suficiente como para dejar en paz a la otra hermana. Ceñudo, giró a la izquierda.

—¿Adónde vas? —preguntó Natasha con recelo.

—A mi casa —respondió.

—Pero yo no quiero...

—¿Preferirías que te dejara en tu apartamento? —la

miró–. ¿Preferirías esperar sentada con el bolso en el regazo hasta que aparecieran y te pidieran perdón? –añadió con sarcasmo.

–No –fue la contestación trémula de ella.

–Porque aparecerán –persistió de todos modos–. Cindy te necesita para que sigas llevando su vida de forma fluida mientras ella se dedica a interpretar el papel de estrella pop angustiada. Y Rico te necesita para mantener contenta a su madre porque a Angelina le caes bien, y te ve como la salvadora del hijo adorado de una vida entre mujeres lascivas y alcohol.

¿Era eso? ¿Rico la había estado usando para apaciguar a su madre chapada a la antigua sólo porque a ésta le había caído bien? Sintió lágrimas ardientes en los ojos al revivir la sonrisa que le había dedicado Angelina cuando por casualidad se encontraron con ella una noche en un restaurante.

¿Había sido ése el momento en que Rico había decidido que era una buena idea hacerla su esposa? Le había pedido que se casara con él apenas unos días después. Como una completa idiota, ella había aceptado sin vacilar. ¡Por ese entonces apenas habían compartido un beso!

Tampoco le extrañaba. Ella no era el tipo de Rico, era el tipo de su *madre*. El tipo de Rico era Cindy.

Sentía que el corazón se le partía mientras miraba por la ventanilla.

A su lado, Leo sintió que la verdad lo golpeaba en las entrañas.

Ya tenía la respuesta que había impulsado a Rico a querer casarse con esa hermana mientras deseaba a la otra. Mantenía feliz a su madre porque Angelina había estado advirtiéndole en contra del estilo de vida que llevaba y Rico veía a su madre como su principal fuente a las arcas de los Christakis... aparte del propio Leo, por supuesto.

Lo que convertía a Natasha en la secuaz del amor de Rico así como Leo había sido su secuaz familiar.

Cuando ocho años atrás su padre había llevado a Angelina a casa en calidad de prometida seguida de un hijo de dieciocho años, la vida de Leo se había convertido en un esfuerzo inacabable para hacer que Rico se sintiera parte de la familia, porque Angelina era hipersensible a las diferencias entre los dos hijos. Y su padre haría cualquier cosa para mantenerla feliz y contenta. Cuando Lukas murió tan repentinamente, Leo siguió manteniendo feliz a Angelina, a través de Rico, porque aquélla había amado de verdad a su padre y había quedado devastada con la pérdida.

Pero en ese momento se juró que se había acabado. Era hora de que tanto Angelina como Rico asumieran el control de sus vidas. Él estaba harto de tener que solucionarles los problemas.

Ceñudo, decidió que eso incluía el dinero que Rico le había robado, ya que se había permitido olvidar la causa que lo había llevado al despacho de su hermanastro en primer lugar.

Dedicándole otro rápido vistazo, reconoció que Natasha era otro problema de Rico. Estaba sentada rígida y con la cara más blanca que la tiza, dando la impresión de que podría llegar a vomitar en su coche.

Y eso le planteó otra pregunta... ¿qué había visto una mujer tan digna y seria en un hombre tan superficial como Rico?

Una furia renovada amagó con hacerle un agujero en el pecho.

—Piénsalo —soltó, deseando poder tener la boca cerrada—. Están más hechos el uno para el otro que Rico y tú. Todos saben que le gustan las mujeres como tu hermana... hasta tú debías saberlo, ¿o no llegó a tus oídos ninguna de sus aventuras? Desde hace tiempo juega a ser un donjuán europeo. ¿Nunca te preguntaste qué era lo que de verdad vio en ti que te hiciera sobre-salir de las demás?

Sintió como si un autobús la hubiera arrollado al oír esa implacable andanada, para luego rematarla por atreverse a dejar que sucediera.

—Creía que me amaba —logró contestar.

—Razón por la que estaba disfrutando de tu hermana sobre su escritorio cuando debería haber asistido a la reunión de la junta para defenderse.

—¿Defenderse?

Leo no respondió. Bajó del coche irritado consigo mismo por querer castigarla por los pecados de Rico. Rodeó el vehículo, le abrió la puerta y luego alargó la mano para asirla por una de las muñecas con el fin de poder sacarla, a pesar de que sabía que ella no quería abandonar el habitáculo del coche. En ese momento sonó otra vez su teléfono, distrayéndola lo suficiente como para que él la metiera en la casa.

La introdujo en el salón y la obligó a sentarse en un sillón antes de ir al armario de las bebidas para servirle una copa.

Notó que le temblaban las manos y frunció el ceño al servir brandy. Al regresar junto a Natasha, vio que se hallaba sentada en el borde del sillón, con el bolso en el regazo tal como le había predicho que haría.

Experimentó una oleada nueva de furia.

—Toma —le entregó la copa—. Bébetelo, tal vez te ayude a relajarte un poco.

Lo que sucedió a continuación tuvo lugar sin adver-tencia previa de que estaba a punto de recibir su mere-cido. Natasha se incorporó como impelida por un re-sorte y le vació el contenido de la copa en la cara.

—¿Quién... quién te crees que eres para *atreverte* a pensar que puedes ser tan horrible conmigo? —soltó—. ¡Al escucharte, se podría perdonar a cualquiera de pensar que fuiste tú el traicionado en aquella oficina!

¿O es por eso mismo? –bramó–. ¿Te muestras tan abiertamente desagradable conmigo porque desearías haber sido tú quien hubiera estado con mi hermana en vez de Rico? ¿Por eso estás tan encendido?

Con el brandy chorreándole por los pómulos, Leo, el dinámico y despiadado presidente de una de las empresas más grandes del mundo, se oyó musitar...

–No. Desearía que hubieras sido tú.

Capítulo 2

EN EL SILENCIO denso que siguió a esa declaración asombrosa, Natasha observó la cara empapada en licor de Leo... ¡y deseó que el brandy siguiera en la copa para poder arrojárselo otra vez!

—¿Có... cómo te atreves? —expuso con trémula indignación y ojos brillantes como diamantes a punto de llorar—. ¿No crees que ya me han humillado bastante sin necesidad de que te burles de mí como si fuera algo gracioso?

—No es una broma —garantizó él. No había nada gracioso en el modo en que había estado deseando a Natasha durante semanas.

No, la broma radicaba en oírse a sí mismo reconocerlo.

Dándole la espalda, sacó el pañuelo que jamás usaba y que sus diversas amas de llave insistían en guardarle en un bolsillo de las chaquetas de sus trajes. Se limpió el brandy y luego miró la expresión aturdida en los ojos de Natasha.

—Tienes una idea extraña sobre los hombres si crees que el pelo echado hacia atrás y la ropa abotonada hasta arriba impiden que sientan curiosidad por descubrir qué intentas ocultar —lo miró parpadeando y él emitió una risa peculiar—. No a todos nos gustan las estrellas de pop anoréxicas que acaban de salir del instituto —explicó—. A algunos hombres les gusta encontrar un reto en una mujer en vez de que les sea entregada en bandeja.

Bajó la vista a la forma redondeada de sus pechos, agitados bajo la chaqueta. Fue pura defensa propia lo que la impulsó a meterlos para dentro. Los ojos de Leo se oscurecieron al volver a mirarla a la cara y Natasha supo entonces de qué hablaba.

–¿Quieres desplegarte y satisfacer mi curiosidad? –invitó–. Lo suponía –sonrió ante su expresión atónita.

–¿Por qué me haces... me *dices* estas cosas? –susurró con sincero desconcierto–. ¿Piensas que porque presenciaste lo mismo que presencié yo tienes derecho a hablarme como si fuera una mujerzuela?

–No sabrías cómo serlo ni aunque en ello te fuera la vida –esbozó una sonrisa burlona–. Una gran parte de la fascinación que ejerces sobre mí es que con una hermana como la que tienes, seas como eres.

Natasha siguió mirándolo, tratando de descifrar qué había podido hacer para merecer eso.

–Bueno, tú estás siendo abominable, y no hay nada fascinante en ser así.

Al levantarse de golpe el bolso se le había caído al suelo. Se inclinó para recogerlo, y luego, con la máxima dignidad que pudo mostrar, se volvió con el fin de marcharse.

–Tienes razón –corroboró él.

–Lo sé –asintió y dio un paso vacilante hacia la puerta y lo oyó respirar hondo.

–De acuerdo –gruñó Leo–. Lo siento. ¿Te vale?

–Yo no te pedí que me trajeras aquí –irguió los hombros–. Jamás te he pedido que hicieras algo por mí. Sí, mi hermana es una cerda. Tu hermanastro es un cerdo. Aparte de eso, tú y yo no tenemos nada en común ni nada que decirnos.

Dio otro paso en dirección a la puerta con el deseo de largarse de allí cuanto antes, rezando para que las piernas la sostuvieran mientras huía.

Su teléfono móvil empezó a sonar.

Fue como si un caos nuevo llegara para agitar aún más el caos ya presente, porque otro teléfono también se puso a sonar en alguna parte de la casa y los pies de Natasha se detuvieron confusos por el sonido combinado.

A su espalda, *él* no movía un músculo. Se preguntó si sería verdad que Leo Christakis se sentía atraído por ella como acababa de dejar entrever. Su cerebro daba vueltas sin tener dónde asirse.

Entonces llamaron a la puerta y el pomo empezó a bajar. Como un interruptor que no dejara de mover su cerebro de una cosa a otra, imaginó a Rico a punto de entrar y sus pies trastabillaron hacia atrás. Tal vez osciló, no lo supo bien, pero unas manos aparecieron y la sujetaron por los brazos, y lo siguiente que supo fue que la hacían darse la vuelta y quedaba pegada contra la pechera de la camisa de Leo Christakis.

–Tranquila –murmuró.

Natasha sintió que el sonido resonaba sobre los extremos de sus pechos y tembló.

–Oh, lo siento, señor Christakis –indicó sorprendida una voz femenina–. Lo oí llegar y di por hecho que se encontraba solo.

–Como puede ver, Agnes, no lo estoy –respondió.

Directo como de costumbre. Su ama de llaves de ascendencia griega estaba acostumbrada, aunque observó curiosa a la novia de su hermanastro de pie contra su torso. Cuando volvió a mirarlo a la cara, la expresión que reflejaba no delató que lo que viera la aturdiera.

–El señor Rico no deja de llamar, exigiendo hablar con la señorita Moyles –le informó.

Natasha volvió a temblar. En esa ocasión la apaciguó deslizando una mano por su espalda hasta posarla en el hueco de la zona lumbar.

–No estamos –instruyó–. Y nadie entra en esta casa.

–Sí, señor.

Al marcharse, dejó un silencio que atenazó el pecho de Natasha. Absolutamente incapaz ya de comprender lo que sentía, se apartó con un paso vacilante y las mejillas encendidas.

–Va... va a pensar que... que...

–A Agnes no se le paga para que piense –cortó él con arrogancia y fue a servir otro brandy mientras Natasha se dejaba caer débilmente en el sillón–. Toma... –se puso en cuclillas delante de ella y le entregó la copa–. Pero en esta ocasión, intenta beberlo en vez de arrojármelo a mí –sugirió–. Se supone que de esa manera te sienta mejor.

Su intento de humor irónico hizo que ella lo mirara con expresión culpable.

–Lo lamento. Ni siquiera sé por qué lo hice.

–No te preocupes por eso –sonrió con sarcasmo–. Estoy acostumbrado a que me abofeteen en los aparcamientos y a que me arrojen bebidas a la cara. Los hombres abominables contamos con esa reacción.

Añadió una sonrisa.

Natasha bajó la vista y se dio cuenta de que en realidad tenía una boca bonita, delgada y firme pero... agradable.

Y también tenía unos ojos agradables. Ese marrón intenso estaba enmarcado por unas pestañas muy tupidas y arqueadas que le proporcionaban un atractivo inesperado que nunca antes le hubiera concedido. Llegó a la conclusión de que era una cara muy fuerte pero interesante... siempre que no se contara con ese cinismo innato.

Sí, era bastante mayor que ella. Ocho años mayor que Rico, lo que hacía que a ella le sacara diez. Y esos años se notaban en las opiniones bruscas que no tenía problema en lanzarle a la gente... en particular a ella.

Sin darse cuenta de que daba pequeños sorbos al

brandy mientras lo estudiaba, observó los hombros anchos y musculosos contenidos en la chaqueta perfecta de su traje. De pie, le sacaba unos cuantos centímetros a Rico y llevaba el pelo oscuro más corto, adaptándose mejor a la forma más fuerte de su cara.

–¿Cuántos años tienes, Natasha? –preguntó él con curiosidad–. ¿Veintiséis... veintisiete?

Ella se puso rígida.

–¡Veinticuatro! –exclamó con frialdad–. ¡Otro insulto que me lanzas!

–Y tú llevas la cuenta –entrecerró los ojos.

–¡Sí!

Allí de rodillas, tratando de decidir qué hacer a continuación, Leo pensó que cuando se la veía indignada estaba fantástica.

Podía lanzarse sobre ella y besarla... extrañamente, parecía necesitarlo. O con suavidad podía quitarle la copa que apretaba con fuerza entre los dedos finos, ponerla de rodillas frente a él y animarla a acabar con lo que la atenazaba y que llorara a rienda suelta sobre su hombro.

Algo se retorció en su interior... aunque no sexual en ese momento; se trataba de otro tipo de anhelo. ¿Sabía Natasha cuánto estaba temblando o lo mucho que le costaba tragar un sorbo de brandy?

–Cre... creo que ya... ya me quiero ir a casa –tartamudeó distraída.

¿Al apartamento que compartía con su hermana?

–Primero bebe el resto del brandy –le aconsejó con voz queda.

Ella bajó la vista a la copa que sostenía con fuerza y pareció sorprendida de verla allí. Al llevársela a la boca, Leo observó esos labios suaves reflejar el calor del brandy y el anhelo en su interior adquirió un plano sexual.

Sonó el timbre.

Rico pronunció el nombre de ella en voz alta.

Natasha alzó bruscamente la cabeza y la copa se le escurrió de los dedos y cayó sobre la alfombra con un ruido sordo.

–Natasha... –alargó los brazos pensando que podía llegar a desmayarse.

Pero una vez más ella lo sorprendió. No necesitó ponerla de rodillas porque ella lo hizo sola y alzó los brazos para cerrarlos en torno a su cuello. Los ojos vulnerables lo miraron con una desvalida mezcla de súplica y consternación.

–No dejes que entre –imploró con voz tensa.

–No lo haré –le prometió.

–Lo... odio. No quiero volver a verlo jamás.

–No lo dejaré pasar –repitió con suavidad.

Pero Rico volvió a llamarla con voz ronca llena de emoción y Leo sintió que las uñas de ella se clavaban en su nuca mientras ambos escuchaban la respuesta severa del ama de llaves.

–El corazón me late tan deprisa que no respiro bien –susurró Natasha jadeante.

Un destello desafiante iluminó los ojos de Leo. Debería haberlo contenido, lo supo mientras hablaba.

–Yo puedo hacer que lata más deprisa.

Si lo dijo para distraerla de la presencia de Rico, desde luego lo consiguió, porque entreabrió los labios sorprendida. Leo enarcó una ceja con gesto burlón, sintiendo la electricidad, la carga sexual.

Y entonces se inclinó y reclamó su boca.

Mareada, Natasha lo comparó con caer en un foso electrificado. Ni una sola célula de su cuerpo escapó de la descarga. Jamás había experimentado algo parecido. Le aplastó los labios para mantenerlos separados y le introdujo la lengua en la boca. La conmoción que le produjo ese desconocido contacto húmedo sobre su propia lengua le causó un escalofrío de placer, y luego hizo que se quedara rígida por la perplejidad. Leo lo repitió y en esa ocasión Natasha gimió.

Él murmuró algo, luego la rodeó con los brazos y la pegó a él al tiempo que ahondaba el beso. Los siguientes segundos pasaron en un torrente febril. Ella se sintió pegada contra el muro de ese torso. Podía oír los gritos de Rico. Sintió algo duro y sobresaliente contra su cuerpo. El reconocimiento perturbador de lo que era la aisló de todos los sonidos menos de los sentidos que despertaban en ella con reacción encendida.

Intentó decirse que era una locura. Leo Christakis ni siquiera le caía bien; ¡sin embargo, ahí estaba, ahogándose en el poder pleno de ese ardiente beso! Nunca en la vida había besado a alguien de esa manera... ¡jamás había sentido algo ni remotamente parecido! Era como lanzarse contra una roca y descubrir que ésta tenía poderes mágicos. La mano de él bajó por toda la extensión de su espalda hasta detenerse en la cintura, luego la acercó aún más, al tiempo que aumentaba la presión de la boca, empleando la lengua para crear una cálida reacción en cadena que le recorrió el cuerpo como si fuera seda.

Natasha se oyó a sí misma gemir algo. Leo musitó una respuesta muy baja y sensual. Entonces Rico volvió a llamarla, con la suficiente furia y sonoridad como para atravesar su conciencia brumosa y hacer que rompiera el beso.

Jadeando y con el corazón desbocado, miró a ese hombre mientras su mente le proyectaba una imagen del modo en que Rico había estado disfrutando de Cindy en su escritorio.

Como si su hermana supiera en lo que estaba pensando, su teléfono se puso a sonar en el interior del bolso.

El fuego de la traición que había sufrido comenzó a quemarle las entrañas.

–¡Por el amor de Dios, Natasha, deja que hable contigo! –llegó la voz chirriante de Rico.

Venganza.

Leo lo vio suceder y supo exactamente de dónde surgía. La cordura cayó sobre él como una ola helada. Iba a ofrecerse a él, pero ¿la quería de esa manera, magullada, con el corazón roto y palpitando con el deseo de venganza contra Rico, quien fácilmente podría entrar y sorprenderlos?

Tal como ellos habían sorprendido a sus respectivos hermanos.

Natasha se apartó de Leo y comenzó a desabotonarse la chaqueta con dedos febriles.

Él suspiró.

–No quieres hacer esto, Natasha –manifestó con convicción.

–No me digas lo que no quiero –espetó ella.

La dos piezas de tela se abrieron y revelaron un top blanco de una tela elástica que se cruzaba y moldeaba a la perfección la plenitud enhiesta de sus pechos.

Leo los miró,. Luego alzó la vista a los ojos encendidos de ella y tuvo ganas de soltar un juramento. Mientras se quitaba por completo la chaqueta, alargó la mano con la intención de tratar de detenerla, pero se detuvo al percibir la súplica que se había quedado grabada en el rostro pálido de Natasha.

Si la rechazaba en ese momento, el rechazo la destrozaría.

Ella tragó saliva y esos labios cálidos se entreabrieron para susurrar:

–Por favor...

Y Leo supo que estaba perdido. Incluso cuando ella le quitó la iniciativa al rodearle otra vez el cuello con los brazos, supo que él no iba a ponerle fin. Alzó las manos para moldearle el torso y lentamente las bajó hasta la cintura de Natasha en un acto de exploración que desterró la negativa que aún percutía en su cerebro.

La boca de ella era una invitación hambrienta. Leo volvió a subir las manos por su caja torácica y en esa ocasión le cubrió la forma plena y perfecta de los pechos. Ella se deshizo en una serie de jadeos y temblores, arqueó el cuerpo y volvió a clavarle las uñas en el cuello, mientras su cabello se liberaba en una gloriosa cascada por su espalda.

Se oyó un portazo en la entrada.

Rico se había ido.

Si Natasha reconoció lo que significaba ese sonido, no dio muestras de ello. Los ojos aún lo observaban con la invitación febril que le estaba haciendo.

Sombríamente, Leo se dijo que era el momento de tomar una decisión. ¿Seguir o ponerle fin?

Entonces las uñas de ella acercaron la boca a la suya y la decisión quedó tomada.

Natasha percibió su rendición y la aceptó con un salto triunfal para sus adentros que lindaba con la locura. Otra vez fue consciente del poder de su erección y el instinto hizo que se moviera contra ella. Él musitó una respuesta gutural y de pronto la puso de pie. Luego la alzó en vilo y la llevó por el pasillo y las escaleras mientras no dejaba de encenderla con sus besos.

Fue el momento en que Natasha vislumbró una pequeña rendija de cordura. Echó la cabeza atrás, rompiendo el beso y abriendo los ojos para mirar los párpados entornados de Leo antes de observar alrededor, como si acabara de despertar de un sueño.

Sólo entonces se dio cuenta de que el vestíbulo se encontraba vacío. Ni Rico presenciando a la novia traicionada llevada a la cama por quien iba a ser su nuevo amante, ni un ama de llaves que contenía la mirada de desaprobación y sorpresa.

–¿Has cambiado de parecer ahora que no hay testigos?

La voz de él hizo que lo mirara otra vez a los ojos.

Se había quedado quieto en uno de los peldaños y recuperado la expresión de frío cinismo.

–No –jadeó ella, y descubrió que lo decía en serio. Quería hacerlo. Quería que la llevaran a la cama y que le hiciera el amor un hombre que de verdad la deseaba... ¡quería perder todas sus anticuadas inhibiciones!

–Por favor –musitó al inclinarse y darle un beso fugaz en la línea severa de la boca–. Hazme el amor, Leo.

Hubo otro momento de titubeo, un vislumbre de furia en los ojos de él. Luego volvió a moverse y ella respiró. Al terminar de subir las escaleras, la llevó al dormitorio de paredes pálidas y mobiliario grande y oscuro. Una alfombra persa roja cubría casi todo el suelo de roble.

Entonces, la dejó atónita al arrojarla con poca ceremonia sobre la enorme cama.

Mientras lo miraba allí tendida, Leo le devolvió el escrutinio con expresión dura y cínica.

–Quédate ahí y recóbrate –expuso antes de dar media vuelta e ir hacia la puerta.

–¿Por qué?

–No haré de sustituto de ningún hombre –fue la respuesta brutal.

Ella se sentó.

–Di... dijiste que me deseabas.

–Es extraño... –giró y su boca adoptó una expresión desdeñosa– pero ver cómo te motivaba la posibilidad de que Rico nos viera juntos surtió el efecto contrario en mí.

–¡No me motivaba...!

–Mentirosa –cortó. Entonces, regresó a la cama y se inclinó sobre ella–. Para dejar las cosas claras entre nosotros, Natasha –murmuró con voz sedosa–, si lo que hacíamos abajo te gustó tanto como para olvidarte de Rico, pregúntate lo que eso me revela sobre la Señorita Traicionada y con el Corazón Roto, ¿eh?

Surtió el mismo efecto que una bofetada. ¡Lo peor de todo era que acababa de decirle la verdad! *Había* estado pensando en Rico cuando lo invitó. ¡Y no tenía excusa por el modo en que le había suplicado que la llevara arriba!

Pero ¿acaso él se había comportado mejor?

–Cerdo cruel y odioso... –espetó. Subió las rodillas para poder enterrar la cara entre ellas.

Leo estuvo de acuerdo. Se comportaba como una bestia al proyectarle toda la culpa por lo que había estallado entre ellos abajo. Al regresar a la puerta, tuvo que reconocer que en él seguía estallando, haciendo que deseara haberse quedado esa mañana en Atenas en vez de...

Los teléfonos comenzaron a sonar otra vez, quebrando la atmósfera cargada... el suyo guardado en la chaqueta y otro en alguna parte de la casa. Extrajo el móvil y miró la pantalla, esperando que reflejara el nombre de Rico.

Pero era Juno, su asistente. Aceptó la llamada.

–Más vale que sea importante –advirtió al salir del dormitorio y cerrar la puerta.

Al quedarse sola, Natasha se levantó de la cama invadida por un súbito odio dirigido contra sí misma y dolida de forma indecible porque otro hombre la hubiera humillado en el espacio de un día horrible.

¡Debía largarse de allí! Buscó sus zapatos con la vista y no pudo dar con ellos. Luego recordó el débil eco cuando se le cayeron al suelo en el momento en que Leo la había alzado en brazos. El pelo se le fue hacia delante como si también quisiera provocarla, ya que había estado tan centrada en lo que hacía con él que ni siquiera había notado que se le había soltado.

Tembló y giró como ebria, sin saber que iba hacia la puerta. Llegó al rellano e incluso bajó las escaleras sin encontrarse con nadie. La puerta del salón seguía abierta y estuvo a punto de llorar al ver su chaqueta celeste en el suelo junto al sillón que había ocupado antes...

Tragó saliva y fue a recogerla. Se la puso y la abrochó antes de calzarse.

Él apareció en el umbral, que llenó con su presencia morena e imponente y...

El teléfono de Natasha comenzó a sonar en su bolso.

Con el poco control que aún le quedaba, se inclinó para recoger el bolso, sacó el teléfono con dedos temblorosos y tiró con fuerza el fino aparato de plástico brillante al suelo.

Dejó de sonar.

El silencio súbito palpitó con el ritmo de un tambor en su cabeza y las lágrimas amenazaban con desbordarle los ojos. Giró hacia la puerta y encontró a Leo todavía allí, bloqueándole su única salida.

–Por favor –pidió con un murmullo quebrado–. Necesito que te apartes para poder irme.

Leo no dijo nada. No intentó moverse. Tenía los ojos velados, los labios tensos. Y mostraba la suficiente insolencia de pie con los brazos cruzados como para que Natasha comprendiera que algo en él había cambiado drásticamente.

–¿Qué...? –preguntó ella nerviosa.

Leo se preguntó cómo reaccionaría si la acusaba de ser una hipócrita y pequeña ladrona.

–Por curiosidad –planteó con serenidad–. ¿Adónde irías?

Pero por dentro no se sentía sereno. Se sentía tan

engañado que no sabía cómo lograba mantener la ecuanimidad.

La cómplice de Rico... ¿quién lo habría pensado? ¡Al parecer, la Señorita Distante y Estirada no era tan remilgada a la hora de posar sus dedos codiciosos en el dinero que Rico le había robado!

—¿En busca de Rico, tal vez? —sugirió cuando ella no respondió.

—¡No! A... casa —corrigió—. A mi apartamento.

Incluso logró temblar.

—No tienes las llaves.

—Le pediré al portero que me abra.

—O a tu querida hermana —agregó Leo—. Apuesto que ya está allí, a la espera de saltar sobre ti nada más llegar.

Se preguntó si la otra hermana también participaría en la estafa.

—¿Y a ti en qué te puede importar si está? —inquirió Natasha—. Éste jamás ha sido tu problema —le informó con rigidez—. No deberías haberte involucrado. ¡Ni siquiera sé por qué lo hiciste ni por qué tuviste que traerme aquí!

—Necesitabas un lugar seguro en el que recobrarte —indicó él con sequedad.

—¿Seguro? —casi se atraganta—. ¡Prácticamente nada más entrar te abalanzaste sobre mí!

El encogimiento de hombros indiferente de él hizo que necesitara largarse de allí. Fue hacia Leo, consciente de que en cualquier momento se iba a sumir en el llanto.

Sin embargo, él siguió sin moverse, de manera que cuanto más se acercaba, más se desbocaban sus sentidos, protestando en anticipación de que se atreviera a volver a tocarla... ¡al tiempo que la embargaba un hormigueo excitante con la esperanza de que lo hiciera!

«Ya no me conozco ni a mí misma», pensó desesperada.

–Muévete –exigió.

No le hizo caso.

–No puedes irte –le informó con frialdad.

–Claro que puedo irme –¿es que estaba loco? Con los hombros tensos, intentó apartarlo de su camino apoyando las manos en el torso de él. Fue como tratar de mover un árbol... y al final Leo le tomó los dedos para quitárselos del pecho.

–Cuando digo que no te puedes ir, Natasha, lo digo en serio –le informó con gravedad–. Al menos no hasta que llegue la policía, desde luego...

Capítulo 3

NATASHA se quedó paralizada.

–¿La policía? –logró repetir.

–La división de fraudes, para ser precisos –confirmó.

–¿Fraudes...?

Hizo una mueca al comprobar que ella no dejaba de repetir sus palabras.

–Como en estafa y embuste –explicó, recorriéndole el cuerpo con la vista, como si quisiera decir que el delito era que tuviera ese aspecto y, a pesar de ello, encenderse como lo había hecho.

Ella tembló y se sonrojó de vergüenza y bochorno.

–Yo no suelo...

–¿Excitarte por un hombre con el sólo afán de embaucarlo...?

Se soltó y retrocedió unos pasos para mirarlo de verdad, comprendiendo al fin que sus palabras conducían a alguna parte que no iba a gustarle.

–Como no tengo ni idea de adónde quieres ir a parar, creo que será mejor que te expliques –instó.

–¿Significa eso que de verdad quieres acostarte conmigo y que no se trata de un simulacro?

Se puso tensa y abrió y cerró los labios, porque la verdadera respuesta a esa provocación no iba a tener lugar.

–Estaba conmocionada cuando...

–Asustada, diría yo –interrumpió Leo–, por lo que Rico le había hecho a todos tus planes con ese lamentable desliz en su despacho.

–¿Planes para qué? –se apartó enfadada el pelo que le caía en la cara–. Planeaba casarme con él... bueno, ése es un plan que se ha ido al traste. Y como tan amablemente me acabas de señalar, lo sorprendí teniendo sexo con mi hermana... ¡de modo que mi orgullo ha seguido el mismo camino que el amor que pudiera sentir por Cindy! –bajó la mano y la unió con la otra delante de ella–. Entonces me entregué a un anhelo loco de ser deseada por cualquiera y dio la casualidad de que tú estabas en el lugar adecuado en el momento adecuado –continuó–, pero ése fue otro plan que se fue al garete cuando cambiaste de idea acerca de de... desearme.

–Y ahora eso también va a irse al traste –añadió Leo sin un vestigio de simpatía–. Me atrevería a afirmar que hoy tienes un muy mal día, Natasha. Malo de verdad.

–¿Y ahora de qué estás hablando?

Con una sonrisa que no le gustó, Leo se apartó del umbral y se dirigió al armario de las bebidas.

Decidió que necesitaba algo fuerte y se sirvió un whisky. Bebió un buen trago y luego la miró otra vez.

–Acabo de hablar con mi ayudante –le explicó–. Juno ha estado muy ocupado investigando dónde había guardado Rico el dinero que me ha robado y ha logrado rastrearlo hasta una cuenta en ultramar abierta a tu nombre, así que destierra de tu cara esa expresión aturdida, Natasha. Te he descubierto...

No sucedió nada. No se quedó boquiabierta, no se desmayó, no se lanzó a negarlo ni a disculparse ni a defenderse.

–Creo que será mejor que te sientes antes de que te desmayes –le aconsejó sin ambages.

Y ella obedeció, lo cual sólo sirvió para alimentar aún más su furia. ¡Cayó como una piedra sobre el sillón más próximo y se cubrió el rostro culpable con esas manos de ladrona!

Natasha no paraba de repetirse que Rico había robado el dinero. ¡Y lo había depositado en una cuenta en el extranjero a su nombre! Se cubrió la boca con una mano cuando la poseyó otra oleada de náuseas. En el prolongado silencio, pudo sentir la furia y el desprecio de Leo Christakis.

Si hubiera hecho esa declaración el día anterior, no le habría creído. Pero con todo lo que se había visto obligada a mirar ese día, no albergó ninguna duda en la pesadilla que era su mente de que podría tratarse de algún error.

Todo acerca de Rico había sido una mentira desde el principio. El modo como había empleado su atractivo y su fabulosa sonrisa para tentarla hacia él, el modo en que le había llenado la susceptible cabeza con dulces palabras de amor al tiempo que se negaba a hacerle el amor porque quería protegerle la inocencia, ¡mientras en todo momento había estado planeando convertirla en una ladrona!

Apartó los dedos de su boca.

—Te devolveré el dinero en cuanto pueda tener acceso a él —prometió.

—Desde luego que lo harás —confirmó Leo—. En cuanto te hayas recobrado, iremos a ocuparnos de ello de inmediato.

Ella alzó el rostro.

—No lo entiendes. Todavía no puedo tocarlo.

—No juegues a la muñeca rota conmigo, Natasha —soltó impaciente—. No cambiará el hecho que vas a devolverme mi dinero ahora... hoy.

—¡Pero no puedo! —la ansiedad la impulsó a ponerse de pie—. ¡No puedo tocarlo hasta un día antes de mi supuesto matrimonio con Rico! Me dijo que era una laguna fiscal que había descubierto... ¡que *tú* se lo habías dicho! Me informó de que debíamos mantener el dinero en una cuenta en ultramar hasta el día anterior a casarnos, ¡luego transferirlo a otra cuenta a nuestros nombres de casados!

Leo no aguantó más y estalló.

—¡No me gusta que intentes arrastrar mi nombre a tu sucia estafa —espetó con furia—, y contarme mentiras estúpidas acerca del acceso al dinero no te va a librar del problema en el que te has metido! ¡Así que pon el dinero o me verás llamar a la policía! —luego dio media vuelta y se marchó.

«¡La policía... va a llamar a la policía!». Dominada por el miedo, fue tras él con la intención de impedir que ejecutara su amenaza. Había cruzado el vestíbulo y entrado en una habitación que resultó ser una biblioteca.

Agitada, se detuvo en el umbral y lo vio dirigirse al escritorio y alzar el auricular del teléfono.

El pánico le desbocó el corazón.

—Leo, por favor... —la súplica trémula hizo que se quedara quieto y tenso—. Tienes que creerme. ¡Yo no sabía que el dinero era robado! ¡Rico me engañó para que se lo guardara del mismo modo que te lo sacó a ti con engaños!

Él comenzó a marcar los números con una determinación sombría que hizo que Natasha cruzara la estancia para sujetarle el brazo.

—Di.... dijo que era para garantizar nuestro fu... futuro —tartamudeó—. ¡Dijo que era una herencia que le había dejado tu padre y que tú manejabas! Dijo que tú...

—¿Quería deshacerme de él con tanto ahínco que estaba dispuesto a romper la ley para conseguirlo? —sugirió cuando ella se quedó sin palabras.

—Algo así —admitió Natasha. Entonces... ¿qué había dejado que le hiciera Rico?—. Ahora tú me cuentas que mintió, lo que significa que me mintió a mí absolutamente en todo y yo...

Leo colgó el teléfono. Giró con tanta rapidez que ella no dispuso de tiempo para reaccionar hasta que se encontró atrapada en sus brazos.

Le tomó la boca con un beso lleno de un calor airado que sólo ofrecía castigo... sin embargo, respondió como una posesa, aferrándolo y besándolo como si fuera a morir si no lo hacía. Cuando Leo se apartó, se sintió laxa por la conmoción de su propia falta de control.

–Hazme caso –aconsejó él–. Continúa con el tema de la seducción; conmigo funciona mucho mejor que el de la inocencia suplicante.

La agarró por el brazo y la apartó de su lado antes de volver a alzar el auricular del teléfono.

Natasha sintió un nudo en la garganta.

–Por favor –le imploró–. ¡No sabía que Rico te había robado el dinero, Leo! Puedo devolverte cada céntimo dentro de seis semanas si tan sólo quieres esperar, pero, por favor... por favor, no llames a la policía... ¡piensa en el efecto que tendrá sobre la madre de Rico si haces que lo arresten! Quedará...

–Amas al canalla –interrumpió con contundencia.

–Al principio, sí –reconoció–. Me halagaba y... –tragó saliva– y sé que suena patético, pero me cautivó porque... Porque las cosas empezaban a ir muy mal entre Cindy y yo y creo que inconscientemente buscaba una salida.

Rico se la había proporcionado. Era más fácil creer que se había enamorado de él que reconocerse a sí misma que se sentía tan infeliz con su propia vida que había aprovechado la primera oportunidad para dejarla atrás sin causar una conmoción con su familia. Había resultado tan fácil hacer la vista gorda a lo que realmente era Rico.

En otras palabras, era una cobarde reacia a tomar el control de su propia vida sin un apoyo agradable.

–Ya me había dado cuenta de que Rico no... no era lo que quería –se obligó a proseguir–. Iba a decírselo hoy cuando lo... lo sorprendimos con Cindy. Fue...

–Juno...

Parpadeó cuando la voz de Leo atravesó lo que había intentado decirle.

–Cesa la investigación sobre la señorita Moyles –instruyó–. Ha habido un... error. Haz que preparen mi avión para Atenas y añade el nombre de la señorita Moyles a la lista de pasajeros.

–¿Por qué has dicho eso? –preguntó ella con voz tensa cuando Leo cortó.

–¿Por qué crees? –la miró duramente–. Quiero recuperar mi dinero y como me acabas de decir que pasarán seis semanas hasta que puedas devolvérmelo, hasta entonces no te perderé de vista.

–¡Pero yo no quiero ir a Atenas! –chilló–. ¡No quiero ir a ninguna parte contigo!

–En tu situación actual, no es lo más inteligente que puedes decirme, Natasha –respondió con sequedad.

De repente lo entendió.

–¡No pienso pagarte con sexo! –protestó.

–No lo creo –convino con frialdad–. Ninguna mujer, sin importar lo atractiva que pueda presentarse ante mí, vale dos millones para llevarla a la cama.

–No... –volvió a sumirse en la confusión y el insulto que pensaba soltarle flotó sobre esa nueva revelación–. Qui... quinientas mil libras esterlinas –insistió con los labios secos–. Rico abrió la cuenta con...

Calló al ver la expresión de desprecio burlón que apareció en la cara de él.

–Cuatro ingresos de quinientos mil suman dos millones... tu aritmética te ha traicionado –le explicó la fea verdad.

–¿Estás seguro? –musitó ella.

–Crece, Natasha. Ahora tratas con un hombre de

verdad, no con la débil excusa de hombre del que te enamoraste...

—¡No lo amo!

—Éste es el trato —continuó como si ella no hubiera pronunciado la negativa—. Adonde vaya a partir de ahora, tú me acompañarás. Y para que el trago me resulte más dulce, también compartirás mi cama mientras espero que pasen esas lentas seis semanas hasta que puedas acceder a *mi* dinero, ¡momento en el que me lo devolverás antes de largarte de mi vida!

La imperiosa necesidad de alejarse de ese hombre despiadado y toda la situación hizo que girara en redondo y huyera de la biblioteca.

Una vez más se puso a buscar su bolso.

—¿Vas a alguna parte? —se mofó la voz cruel.

—Sí —recogió lo que buscaba—. Voy a buscar a Rico. Es la única persona que puede contarte la verdad.

—¿Crees que creería algo de lo que me dijera?

¡Estuvo a punto de tirarle el bolso a la cara!

—¡Te devolveré... cada maldito penique de tus dos millones de libras aunque eso me mate! —espetó.

—Euros...

Natasha se preguntó de qué estaba hablando.

—El dinero se habrá convertido a euros —le explicó antes de mencionar la nueva cifra en dicha moneda, haciendo que ella se quedara como paralizada—. Desde luego, representa lo mismo cuando se vuelvan a convertir a libras esterlinas, siempre que el cambio siga igual, pero... —se encogió de hombros, indicando con claridad que la cifra no paraba de crecer en el actual clima económico—. Y luego están los intereses que te cobraré por el... préstamo.

—Te odio —fue lo único que pudo murmurar.

—Tienes suerte, entonces, de deshacerte de forma tan excitante cuando te beso.

—Necesito hablar con Rico —insistió ella.

–¿Sigues esperando poder escapar de esto?

–¡No! –los ojos le centellearon–. ¡Necesito que te cuente la verdad, aunque te niegues a creerla!

La observó con una fachada serena que no reflejaba lo que bullía en sus entrañas. Esencialmente, estaba enfadado consigo mismo porque habría estado dispuesto a jurar que la remilgada y digna Natasha Moyles que había creído conocer había sido auténtica.

–Primero tendrás que alcanzarlo –observó irónicamente–. Juno me ha informado de que ya ha abandonado el país. Se marchó en el avión privado de un amigo desde el aeropuerto de Londres. Fue más rápido que tú en darse cuenta de las consecuencias que iba a tener su febril aventura amorosa de hoy. Una conversación de un minuto con mi ayudante después de irse de aquí le bastó para comprender que lo habían descubierto. Te ha dejado sola, Natasha –le soltó sin rodeos por si aún no lo había comprendido.

Sintiendo como si todo el peso del mundo hubiera caído sobre sus hombros, murmuró:

–Entonces será mejor que me entregues a la división de fraudes.

Leo hizo una mueca.

–Desde luego, es una opción –convino–. Sin embargo, sigues teniendo otra manera de evitarlo. Aún podrías intentar utilizar el único activo que te queda en lo que a mí concierne y hacerme una oferta que no quiera rechazar.

Volvía a hablar de sexo.

–El dinero es calderilla para ti, ¿verdad?

Se encogió de hombros.

–La diferencia entre nosotros dos es que yo soy lo bastante rico como para considerarlo calderilla y tú no.

Era tan cierto, que Natasha ni siquiera se molestó en discutirlo.

–¿O sea que quieres que te pague el dinero con...

favores... –le era imposible llamarlo *sexo*–... y a cambio tú me prometes que no presentarás esto ante la policía?

Leo sonrió por la cuidadosa omisión de la palabra «sexo» y por una vez la sonrisa llegó hasta sus ojos oscuros.

–Representas el papel de remilgada de una manera excepcionalmente buena, Natasha –le informó mientras caminaba hacia ella–. Es una pena que tu cabello ondee en torno a tu cabeza como la promesa de una sirena y que tus labios estén inflamados y ardientes por mis besos, porque me obliga a recordar tu verdadero yo.

Luchando por no recular cuando alargó el brazo para tocarla, insistió:

–Quiero tu promesa de que si... si hago lo que quieres que haga, no irás a la policía.

Los dedos de él subieron por sus brazos.

–Sabes que no te queda nada con qué negociar, ¿verdad?

Natasha asintió con los labios apretados. El corazón le martilleó cuando llegó hasta sus hombros.

–Confío en tu sentido del honor.

–¿Crees que tengo uno? –preguntó con auténtica curiosidad.

Ella volvió a asentir.

–Sí –tenía que creerlo porque era la única manera de poder afrontar toda esa situación.

Él deslizó los dedos por sus hombros hasta llegar a la piel suave de su nuca y alzarle el mentón con un dedo pulgar. Sus labios traidores se entreabrieron porque sabían lo que sucedería a continuación.

–Entonces tienes mi promesa –susurró.

Natasha sintió que el alma se le marchitaba cuando él selló el pacto con un beso.

En ese momento comenzó a sonar su teléfono móvil, sobresaltándolos a ambos. Miró el aparato sorprendida, porque creyó haberlo estropeado al tirarlo al suelo.

Como ella parecía ser incapaz de mover un solo músculo, Leo fue a recogerlo con la agilidad de un gran felino. Sin pedirle permiso, aceptó la llamada.

Era un diseñador de moda que quería saber por qué Cindy no se había presentado para una prueba de ropa.

–Natasha Moyles ya no es responsable de los movimientos de su hermana –anunció antes de cortar la conexión.

Natasha lo miró incrédula.

–¿Por qué has dicho eso?

La miró con expresión burlona.

–¿Porque es la verdad? –ella fue a recuperar su teléfono, pero él se lo guardó en el bolsillo–. Piénsalo –insistió Leo–. No puedes seguir siendo el felpudo de tu hermana mientras estés en Atenas conmigo.

Y con pasmosa facilidad recordó la escena de Rico. Éste no sólo la había involucrado en su fraude, ¡sino que también la había estado tratando como un felpudo! Giró, despreciándose por ser tan ingenua... ¡despreciando a Rico por hacer que se viera a sí misma de esa manera!

Y luego estaba la malcriada y egoísta Cindy, que ni siquiera la necesitaba para que mantuviera su vida en marcha porque ella ya había iniciado las negociaciones para poner su carrera en manos de una agencia profesional. A partir de la semana siguiente, Natasha ya no sería responsable de Cindy, lo que la habría dejado libre para concentrarse en los preparativos de la boda y en el traslado a Milán.

Y acababa de descubrir la razón por la que su hermana había estado haciendo eso con Rico. Cindy estaba a punto de conseguir lo que siempre había querido... una agencia de perfil alto que iba a lanzar su carrera y, lo que era mucho más importante, su absoluta libertad de las restricciones que le imponía la hermana a la que no tragaba.

Se llevó una mano a la boca. Los dedos le temblaron y sintió frío hasta la médula.

—¿Y ahora qué? —espetó Leo.

Sólo movió la cabeza, porque no podía hablar. Siendo como era Cindy, no podía dejar que ella se alejara hacia el crepúsculo con su atractivo italiano sin esforzarse en estropearlo. «He tenido a tu hombre, Natasha. Ahora ya puedes ir a casarte con él». ¡Podía oír esas palabras aunque aún no las hubiera pronunciado!

El pequeño canto de cisne de su hermana. Su maravillosa despedida.

—Lo preparó todo —logró murmurar—. Sabía que hoy iba a ver a Rico y se aseguró de llegar antes que yo al despacho para que pudiera presenciar que hacía... eso con él.

—¿Por qué tu propia hermana iba a querer orquestar semejante escena?

—Porque no soy su hermana real —apartó la mano de la boca—. Fui adoptada... —por dos personas que creían que hacía tiempo que sus posibilidades de tener un hijo propio habían quedado atrás. Cinco años más tarde, sostenían en brazos a su hija de verdad, un preciado don del cielo. Todo el mundo había adorado a Cindy... ¡incluso ella!

Una mano firme se posó en su brazo para volver a guiarla al sillón, luego desapareció para ir a buscar otro brandy.

—Toma... —murmuró.

Natasha frunció el ceño y movió la cabeza.

—No —se sentía demasiado enferma para beber algo— Llévatelo.

Leo dejó la copa pero permaneció en cuclillas ante ella, como había hecho antes.

—¡Deja de mirarme como si te *importara* lo que pasa dentro de mi cabeza! —espetó por el modo en que la observaba, como si realmente le interesara.

Él tuvo la delicadeza de ofrecerle una sonrisa y ponerse de pie. Natasha lo imitó, aunque con un gran esfuerzo, ya que acababa de comprender que a partir de ese momento estaba sola. Sin hermana. Sin novio. Ni unos padres cariñosos a los que recurrir, porque a pesar de que a su manera la habían querido, nunca del modo en que habían querido a Cindy. Para ellos Cindy siempre estaría primero.

—¿Qué es lo que quieres que haga? —murmuró al final con voz tan fría como ella misma se sentía.

—Ya te he dicho lo que quiero —respondió ceñudo.

—Sexo —en esa ocasión consiguió nombrarlo.

—No lo descartes, Natasha. El hecho de que nos encontremos mutuamente deseables te va a mantener alejada de muchos problemas.

Entonces se dio la vuelta. Era tan duro que tuvo que preguntarse qué lo había vuelto así.

Y recordó que Rico le había dicho que en una ocasión Leo había estado casado. Por lo que aquél le había comentado, su esposa había sido una exquisita bomba sexual de cabello y ojos negros que solía encender a los hombres con una sola mirada. El matrimonio había durado un año breve antes de que Leo se cansara de sacarla de los lechos de otros hombres y la expulsara de su vida para siempre.

Pero debía de haberla amado de verdad para durar de esa manera con una mujer infiel.

Como si él supiera lo que ella pensaba, volvió a darse la vuelta y estudió su expresión.

—Muy bien, vámonos —de parecer casi humano cambió al hombre dispuesto a usarla por sexo hasta que pudiera recuperar su dinero—. Acéptalo o déjalo,

Natasha –resumió–. Pero decídete, porque hemos de tomar un avión.

Un avión que la llevaría a iniciar una nueva vida...

Asintió con sequedad.

Fue todo lo que Leo necesitó para tomarla en brazos. El calor se avivó entre ellos. Ella musitó una protesta desvalida cuando él le reclamó la boca. Y lo peor de todo fue que le resultó un beso embriagador y placentero. Cuando Leo se apartó, apenas era capaz de enfocar su entorno. Pero en lo más hondo de su ser, donde se ocultaba la verdadera Natasha, aún se sentía fría como la muerte.

Leo pensó en mandar todo a tomar viento fresco y subirla al dormitorio, olvidándose del resto de ese plan. Pero le dio la espalda a la tentación, ceñudo ante sus propias inclinaciones desconcertantes. ¿Cómo había pasado de ser un implacable magnate a un tipo con el cerebro sólo centrado en el sexo?

Al esforzarse en controlar otras partes más exigentes del cuerpo, se vio obligado a reconocer que era mucho más que el cerebro.

Pero la verdad era que esa mujer lo estaba volviendo loco desde hacía semanas, aunque se había negado a escudriñar la causa hasta que Rico estropeara la oportunidad que tenía con ella.

La pérdida de su hermanastro era su ganancia. Natasha Moyles iba a cobrar tanta vida bajo su tutela que le sería imposible que le ocultara algo. Y pensaba disfrutar de cada minuto de ese proceso. Entonces, cuando las seis semanas hubieran terminado, recobraría su dinero y se largaría para continuar con su vida sin tenerla como una distracción constante en su mente.

–Necesito hablar con mis... mis padres...

–Puedes llamarlos por teléfono... desde Atenas. Plantearles una situación ante la que nada puedan hacer.

–Eso no sería...

–¿Prefieres exponerles los crudos detalles en persona? –la cortó–. ¿Prefieres explicarles que a Rico y a ti se os ha sorprendido robando y que su propia hija es una fulana ladrona de hombres?

Volvían las palabras duras. Suspiró derrotada.

–He de recoger el pasaporte del apartamento –fue lo único que dijo.

–Entonces, vayamos a buscarlo –le extendió una mano en señal de invitación que exigía otra rendición.

Ella sintió el calor de esos dedos cerrarse sobre su piel fría y transmitirle fuerza, luego conducirla por el pasillo y fuera de la casa.

Capítulo 4

EL CORTO trayecto hasta su apartamento se realizó en silencio. Lo primero que vio al llegar fue el deportivo plateado de Cindy y sintió que se le estrujaba el corazón.

Leo también debió de reconocer el coche, porque indicó:

—Subiré contigo.

Aunque no fue una petición, a Natasha le alegró no tener que enfrentarse sola a Cindy.

Con recelo, entró en el vestíbulo acompañada de Leo. El conserje alzó la vista y sonrió. Apenas tuvo fuerzas para devolverle una sonrisa cortés.

—No encuentro mis llaves. ¿Podría darme las de repuesto?

—Su hermana está en casa, señorita Moyles —le informó el hombre—. Podría llamarla para que le abriera...

—No —interrumpió Leo. El conserje lo miró con respeto—. Queremos la llave de repuesto, por favor.

Y la llave cambió de manos sin pronunciarse otra palabra.

En el ascensor, Natasha volvió a sentir el estómago revuelto. No quería ese enfrentamiento. Habría preferido no tener que volver a mirar jamás a Cindy a la cara.

—¿Quieres que entre por ti?

Respiró hondo, irguió los hombros, apretó los labios y negó con un movimiento de la cabeza. En el momento en que entró en el salón ultramoderno, su hermana se levantó de un salto de uno de los sillones negros.

Tenía los ojos rojos como si hubiera estado llorando y el cabello revuelto.

–¿Dónde estabas? –chilló–. ¡No he parado de tratar de hablar contigo! ¿Por qué no contestaste el condenado teléfono?

–Dónde he estado no es asunto tuyo –repuso Natasha con serenidad.

Cindy cerró las manos con furia.

–¡Claro que es asunto mío! ¡Trabajas para mí! ¡Cuando yo digo que saltes, se te paga para que saltes! ¡Cuando yo digo...!

–Ve a recoger lo que has venido a buscar, *agape mou* –intervino una voz profunda y ecuánime.

La presencia imponente de Leo apareció en el umbral. Cindy se quedó paralizada donde estaba mientras un rubor abochornado le marcaba las mejillas y el cuello.

–Se... señor Christakis –tartamudeó–. No esperaba que viniera aquí...

«Como tampoco esperabas que él te sorprendiera con Rico», pensó Natasha, y eso era lo que la avergonzaba.

Leo no dijo nada y Natasha percibió el desdén que emanaba de él. Cindy no estaba acostumbrada a que la trataran de esa manera. El bochorno y el respeto se transformaron en un mohín hosco y en una fulgurante insolencia que proyectó sobre Natasha.

–No sé qué crees que haces en mi caja fuerte, pero...

–Cállate, pequeña buscona –dijo Leo.

Cindy se puso roja hasta la raíz del cabello.

–¡A mí no puede hablarme de esa manera!

Natasha se volvió a tiempo de ver cómo Leo estudiaba a su hermana como si se tratara de una pieza inservible antes de mirarla a ella.

–¿Tienes lo que necesitas? –preguntó con gentileza.

Conteniendo las lágrimas no muy lejanas, ella asintió y con piernas temblorosas cruzó el salón para regresar a su lado.

Cindy la miró asustada.

–No te vas a ir –gritó–. No puedes irte. Ese idiota de Rico se asustó y llamó a nuestros padres... ¡y ahora vienen para aquí!

Natasha la soslayó, concentrada exclusivamente en la puerta que llenaba Leo con su presencia. «Sólo necesito alejarme de ella», se dijo. «Sólo necesito...».

–¡Eres una idiota tan ciega, Natasha! –Cindy prosiguió con el ataque–. ¿Crees que soy la única mujer que Rico ha tenido mientras estaba prometido contigo? ¿De verdad creíste que alguien como él iba a enamorarse de alguien como tú?

Natasha simplemente siguió caminando con la vista gacha.

–Hoy te he hecho un favor. ¡Podrías haberte casado con él sin saber cómo era de verdad! Era hora de que alguien te abriera los ojos a la realidad. ¡Deberías estar dándome las gracias!

Natasha llegó junto a Leo.

–¿Algo más antes de que nos larguemos de aquí? –le preguntó él.

–Al... algo de ropa y unas... cosas –murmuró ella.

–¡No te atrevas a ignorarme! –chilló Cindy–. Nuestros padres llegarán en cualquier momento. ¡Quiero que les digas que esto ha sido por tu culpa! Esta noche tengo una actuación y no puedo actuar con tanta tensión y angustia. ¡Tienes que ocuparte de controlar la situación porque no te gustará si lo hago yo!

Leo se apartó a un lado para dejar que pasara Natasha. En cuanto cerró la puerta del dormitorio, se dirigió hacia Cindy.

—Y ahora escúchame, bien, zorra malcriada —dijo—. Como digas una sola palabra falsa acerca de lo que sucedió hoy, estarás acabada. Yo me ocuparé de ello.

Cindy alzó la vista con desdén.

—No tiene el poder...

—Oh, sí, lo tengo —la cortó—. El dinero habla. Las aspirantes a estrella como tú surgen a granel. Dame media hora al teléfono y podré arruinarte con tanta rapidez que no verás el olvido hasta que estés metida en él hasta tu raquítico cuello. Los acuerdos discográficos se pueden cancelar, igual que las giras y las actuaciones. Las carreras se pueden cercenar con unas pocas palabras en los oídos adecuados.

Cindy se puso pálida.

—Veo que me comprendes —continuó él—. Encanto, ahora no estás mirando la cara de un seguidor entregado, sino la de un hombre muy poderoso que más allá del envoltorio brillante puede ver a la persona desagradable que acecha detrás.

—Natasha no dejará que haga nada para las... lastimarme —susurró Cindy.

—Sí lo hará —afirmó Natasha. Se hallaba en el marco de la puerta con una bolsa de viaje a los pies.

Cuando Cindy la miró, Natasha se quitó algo del dedo y lo lanzó por el aire. Con un leve sonido metálico aterrizó en el parqué claro a los pies de Cindy. Al bajar la vista, hasta Leo se quedó quieto al ver qué era.

El centelleante anillo de diamantes de compromiso.

—Ahí tienes otra cosa mía que no has probado —explicó—. ¿Por qué no te lo pones y compruebas si te encaja tan bien como lo hizo mi prometido?

La cara blanca de Cindy era todo un cuadro.

—¡Yo no lo quería, como tampoco quiero... eso!

—No es nada nuevo —rió Natasha, aunque no supo

de dónde le surgió la fuerza para reír–. ¿Cuándo has querido algo una vez que lo has poseído?

En ese momento se desencadenó la confusión cuando los padres de ellas entraron por la puerta que Leo debió de haber dejado sin cerrar.

Miraron a Cindy. Apenas fueron conscientes de la presencia de Natasha.

Cindy estalló en un sonoro llanto.

–Oh, mi pobrecilla –exclamó su madre–. ¿Qué te ha hecho ese Rico?

Natasha empezó a sentirse enferma otra vez. Miró cómo sus padres habían rodeado afectuosamente a Cindy y sintió como si se hallara sola en el espacio exterior.

Luego desvió la vista hacia Leo, de pie en la periferia de todo, con la vista oscura clavada en el rostro dolorosamente expresivo de ella.

–¿Podemos irnos ya? –susurró Natasha.

–Por supuesto.

Se inclinó para recogerle el bolso. En cuanto se irguió, la tomó con gesto posesivo por el brazo y Natasha oyó la voz trémula de Cindy:

–Lleva semanas aco... acosándome, mamá. Fui a verlo para decirle que parara si no quería que se lo contara a Natasha. Lo siguiente que supe fue que él...

Leo cerró la puerta. Ninguno dijo una palabra al salir del apartamento y dirigirse al ascensor. Mantuvieron el silencio hasta el coche. Se marcharon sumidos en ese tenso silencio hasta que Leo no pudo aguantarlo más y apretó una tecla en el volante para activar el teléfono del coche.

Natasha reconoció el nombre «Juno», luego nada, ya que él mantuvo una seca conversación en griego.

Mientras abandonaban la ciudad y entraban en la Inglaterra rural de exuberante verdor, la fealdad de la situación le retorció las entrañas. Los rostros una vez queridos se habían convertido en desconocidos mientras daban vueltas en su cabeza. No los conocía y, con dolor, se daba cuenta de que no la conocían a ella... ni les importaba.

—¿Crees que han notado que ya no estás allí?

Al darse cuenta de que Leo había terminado la llamada y le hablaba a ella, se encogió de hombros. Ni siquiera sabía si habían notado su presencia.

«Aquí vamos», se dijo mientras caminaban hacia un aerodinámico jet blanco con el famoso logo azul de Christakis en el costado. «Voy a volar hacia el crepúsculo para convertirme en la exclusiva posesión de este hombre».

Casi logró emitir una risita seca.

—¿Qué?

A Leo jamás se le escapaba nada, ni siquiera un atisbo de sonrisa.

—Nada —murmuró ella.

—Olvídate de Rico y de tu familia —dijo con aspereza—. Estás mejor sin ellos. Ahora soy la única persona en quien necesitas pensar.

—Claro —se burló ella—. Estoy a punto de convertirme en el felpudo de un hombre muy rico, lo cual mejora ser el felpudo de mi familia y de Rico Giannetti.

Él no dijo nada, pero pudo percibir la exasperación que sintió cuando apoyó la mano en su espalda para instarla a subir los escalones de la escalerilla del avión.

El interior del aparato le permitió ver un modo completamente nuevo de viajar. Apartándose de su contacto, sintió que alguien sellaba la puerta y el murmullo de la voz de Leo al hablar con otra persona, aunque no se volvió para averiguar quién era.

«Esto no está bien. Nada de esto está bien», intentó decirle una voz sensata en su cabeza. No debería encontrarse en ese avión ni viajar a Grecia con Leo Christakis... ¡debería permanecer en Inglaterra y luchar para tratar de limpiar su nombre!

–Permíteme la chaqueta –dijo él a su espalda al tiempo que apoyaba las manos en sus hombros.

–Preferiría dejármela puesta –dijo con tensión ante ese contacto.

–No –deslizó los dedos por debajo de la solapa de la prenda y continuó por el esbelto cuello blanco hasta que localizó el botón superior que la mantenía cerrada–. Estarás más cómoda sin ella –desabrochó el botón.

–Entonces, yo puedo hacerlo –alzó los dedos y le sujetó las muñecas con la intención de apartarle las manos. Pero él no la dejó.

–Para mí será un placer –murmuró mientras el otro botón cedía.

Sus pechos empujaron hacia delante y le provocaron un jadeo.

–Me gustaría que fueras a bus... buscar a otra persona a quien atormentar –musitó cuando los nudillos de él le rozaron los pezones al tratar de dar con el siguiente botón y sintió que el estómago se le tensaba cuando continuó el roce con la mano.

Él soltó una risa baja y ronca. Y entonces ella se quedó tensa como la cuerda de un piano cuando el último botón cedió a sus dedos.

–Eres demasiado nerviosa –la reprendió.

–¡Y tú demasiado seguro de ti mismo! –exclamó.

–Ése soy yo –admitió, bajando las manos por sus mangas hacia el bolso aún sujeto con dedos rígidos. Con gentileza se los abrió y tiró a un lado el complemento.

Cuando él terminó de quitarle la chaqueta, se hallaba al borde del pánico. Y lo peor era que ya no sabía qué se lo causaba... Leo y su implacable determinación de mantenerla al borde de la cordura o ella misma porque los sentidos insistían en responder ante él incluso cuando la cabeza les ordenaba que se detuvieran.

Las manos de Leo llegaron a la curva de su caja torácica por encima de la tela blanca elástica que la ceñía de tal manera que daba la impresión de que le estaba tocando la piel.

Cerró los ojos y rezó para ser liberada cuando él le pegó la espalda contra su cuerpo y pudo sentir su calor y su duro contorno masculino.

—Leo, por favor... —sonó entre protesta y súplica jadeante.

Dio igual. Él bajó la boca y con los labios le rozó la piel de la nuca, algo que para Natasha fue como caer desde un risco. Murmuró un gemido patético y contenido y bajó la cabeza, invitando el gentil mordisqueo de sus dientes. Mientras empezaba a besarla por el cuello, lo ladeó con placentera y sensual lentitud con el fin de brindarle un acceso mayor. Le encantaba lo que le hacía sentir.

—Mmm, eres como seda cálida y viva al contacto —musitó Leo—. Tienes un cuerpo precioso, Natasha —añadió, subiendo las manos hasta coronarle los pechos y presionar con suavidad las palmas contra las cúspides duras—. Necesito que gires la cabeza y me beses, *agape mou* —le dijo con voz ronca.

Y ella lo hizo. Cuando él le alzó las manos suspiró en señal de rendición, luego las cerró en torno a su cuello. Antes de ir en busca de la boca que la esperaba, el cuerpo estirado contra Leo le resultó de una sensualidad y erotismo increíbles.

Leo le ofreció un beso ardiente, profundo y penetrante. Cerró los dedos en su pelo negro. Fue una sorpresa. No se conocía de esa manera, toda suavidad, entrega y necesidad.

—Tenemos permiso para despegar, señor Christakis —anunció de pronto alguien por los altavoces.

Leo echó la cabeza atrás y todo el episodio se desvaneció en una nube de humo. Natasha abrió los ojos y descubrió que no lograba enfocarlos. Espirales de pasión le encendían las mejillas. Fue consciente de que aún tenía las manos alrededor del pelo de Leo y las retiró, cerrando la boca entreabierta.

–Eres un cúmulo de deliciosas sorpresas –bromeó Leo–. Una vez desabotonada, dejas que todo se desborde.

¡Y el verdadero horror radicaba en que tenía razón! Cada vez que la tocaba, era como si perdiera el contacto con su sentido común y dignidad. Reconocer eso, la impulsó a separarse de él y a cruzar los brazos, temblando y tratando de controlarse.

Un motor cobró vida.

–Siéntate, abróchate el cinturón y relájate –invitó él con tono sarcástico antes de rodearla para avanzar por la cabina.

De pronto sintió la diferencia de edades. El hecho de que no hubiera nada natural en su unión la crispó mientras elegía un asiento al azar.

El avión se puso en movimiento. Observó a Leo quitarse la chaqueta, dejarla sobre el respaldo del sillón delante del escritorio y luego ocupar el asiento en ángulo a ella, flexionando los musculosos hombros mientras se abrochaba el cinturón de seguridad. Entonces acercó un fajo de papeles y se reclinó para leerlos.

Fue como si se olvidara de su presencia, del mismo modo en que su familia se había comportado en el apartamento.

Diez minutos más tarde, se hallaban en el aire y el ordenador portátil de Leo abierto, con su voz un murmullo melódico en los oídos de Natasha.

En ese momento apareció a su lado una azafata de voz amable que le preguntó si deseaba algo para beber y comer. Sabía que no sería capaz de comer nada, pero preguntó si era posible tomar una taza de té; la azafata sonrió y se marchó para ocuparse de preparárselo.

Leo giró en el sillón.

La miró y entrecerró los ojos al ver que había vuelto a abotonarse la chaqueta.

–En algún momento tendrá que quedar abierta –murmuró despacio.

Natasha alzó el mentón y simplemente lo miró con ojos centelleantes.

El desafío encendió los ojos de Leo y le quitó el aliento. Pero en ese instante él se vio obligado a centrar otra vez la atención en el enlace vía satélite, dejándola encendida y anhelante por diferentes motivos.

Las siguientes tres horas las dedicó a trabajar ante el escritorio mientras ella bebía té y leía una de las revistas que amablemente la azafata le había llevado. Durante todo el trayecto Leo no dejó de girar el sillón para observarla con perturbadoras y oscuras promesas de lo que les esperaba. En una ocasión incluso se levantó y fue a inclinarse sobre ella para capturarle la boca con un beso profundo. Al volver a alejarse, el botón superior de su chaqueta se abrió.

Los pechos le hormigueaban y los tenía excitados. La siguiente vez que la miró, ya se había vuelto a abrochar el botón y se negó en redondo a alzar la cabeza de la revista.

Llegaron a Atenas bajo un calor y una humedad intensos. Pasaron la aduana con una fluidez que la dejó pasmada. Y percibió a Leo de manera diferente, como a un extraño alto y remoto, que cuando hablaba con cualquiera lo hacía con una formalidad seca. Y con una distancia serena cuando se veía obligado a dirigirse a ella.

Achacó ese cambio a la forma en que la gente constantemente se detenía para mirarlos. Al ver las tres limusinas negras que los esperaban para sacarlos del ae-

ropuerto, comprendió de una vez el poder y la importancia que tenía Leo en su propia capital como para
justificar semejante escolta.

–Todo un espectáculo –murmuró al sentarse a su
lado en la parte de atrás del coche lujoso mientras los
otros dos vehículos casi se pegaban a la vanguardia y
retaguardia. Sentado en el asiento frontal del acompa-
ñante y aislado de ellos detrás de un grueso cristal tintado iba un hombre al que Leo había presentado como
«Rasmus, mi jefe de seguridad». Sólo cuando los presentó Natasha se dio cuenta de lo a menudo que lo había visto acechando en la periferia sombría del lugar
en el que se hallara Leo.

–El dinero y el poder se labran sus propios enemi-
gos –respondió, como si fuera una parte aceptada de la
vida.

–¿Quieres decir que siempre debes vivir de esta
manera?

–Aquí en Atenas y en otras ciudades importantes
–asintió.

No le extrañó que fuera tan cínico con quienquiera
que entrara en contacto. Tenía tanto poder al alcance
de la mano que probable y sinceramente pensara que
existía en un plano superior al de otros seres.

–Jamás lo vi en Londres –comentó pasado un momento.

Giró la cabeza para mirarla con brillantes ojos oscuros.

–Estaba ahí. Lo que pasa es que no te molestaste en
mirar.

Quizá, pero...

–No pudo ser tan obvio allí –insistió–. Estaba acostumbrada a cierta medida de seguridad cuando Cindy
actuaba, pero jamás de este calibre... y nada en absoluto con Rico –añadió luego con el ceño fruncido–.
Aunque resulta raro ahora que pienso quién es Rico

y... –el leve movimiento de él la impulsó a mirarlo–. ¿Qué?

–Jamás me compares con él –soltó con voz helada.

–Pero yo no...

–Lo ibas a hacer –cortó–. Yo soy Leo Christakis y estás entrando en *mi* vida, con todas sus restricciones y privilegios. Rico no era nada –movió una mano, como descartándolo–. Sólo un aprovechado al que le gustaba seguir mi estela...

Natasha se puso pálida.

–No digas eso –susurró.

–¿Por qué no cuando es verdad? –declaró, sin saber que había empleado las mismas palabras crueles que la hermana de ella había usado para describirla–. Se llama Rico Giannetti, aunque le gusta considerarse un Christakis, pero no lleva sangre Christakis en las venas ni tiene dinero Christakis que pueda considerar suyo –expuso con desprecio–. Tenía un despacho en cada edificio Christakis porque era bueno para su imagen dar la impresión de que valía el lugar que ocupaba, pero jamás trabajó para ello... no en el verdadero sentido de la palabra. Recibía un sueldo que no hacía nada para ganar y lo gastaba en sus caprichos mientras me robaba a mis espaldas y yo pagaba las cuentas de sus gustos extravagantes –continuó–. Es un consumado mentiroso para sí mismo y para cualquiera relacionado con él, incluida tú, su traicionada prometida.

Conmocionada por esa andanada despectiva, Natasha lo corrigió con voz trémula.

–Ex prometida.

–Ex todo en lo que a ti respecta –pronunció–. A partir de este día queda fuera del cuadro y yo soy el único hombre que importa para ti.

Le había exigido que se quitara de la cabeza a su familia y en ese momento insistía en que hiciera lo mismo con Rico.

–Sí, señor –espetó en un impulso, ¡deseando poder desterrarlo también a él de su cabeza!

Él frunció el ceño ante el tono burlón.

–Pensé que algunas verdades en este punto ayudarían a mantener íntegra esta relación.

–¿*Íntegra?* –estuvo a punto de hiperventilar–. ¡Lo que estás haciendo es comunicarme que esperas incluso el control de mis pensamientos!

En los ojos de él apareció la impaciencia.

–No espero eso...

–¡Que no esperas eso!

Suspiró enfadado.

–¡No toleraré que me sueltes el nombre de Rico cada cinco minutos!

Natasha se puso furiosa.

–Yo no te solté su nombre... ¡tú me atizaste con él!

–No era ésa mi intención –replicó con rigidez.

Natasha giró la cabeza y clavó la vista en el cristal de la partición.

–Tú no eres mejor que Rico, sólo diferente en el modo en que tratas a la gente... ¡a las mujeres! –movió la cabeza–. Como parecemos una escolta presidencial, un defecto que te permitiré es tu repugnante arrogancia, pero tu...

–Repugnante... ¿otra vez? –se mofó.

Natasha perdió los estribos.

–¡Y absoluta y patéticamente celoso de Rico!

El silencio que los envolvió fue atronador. No podía creer que hubiera soltado esas palabras. Atreviéndose a mirar a Leo, pudo ver que le devolvía la mirada como un devorador de tiburones a punto de lanzarse al ataque. Contuvo la respiración.

La reacción de él fue como el relámpago. Lo siguiente que supo fue que la sentaba sin elegancia sobre el regazo. Los ojos chocaron y en los de Leo había una furia que Natasha jamás había visto. Los de ella estaban demasiado abiertos... asustada por lo que súbitamente bullía en su sangre.

–No... no era mi intención... –se humedeció los labios.

Entonces llegó el beso... una emboscada ardiente y apasionada que silenció su intento de retractarse. El aliento de Leo le quemó la boca y unas manos fuertes se cerraron sobre sus caderas mientras ella misma aplicaba presión con sus dedos sobre cualquier parte de la anatomía de él que podía tocar al tiempo que las bocas y las lenguas se debatían. El movimiento del coche o el hecho de que se hallaran en uno pasó desapercibido. Natasha se retorció contra él y sus pechos marcaron con firmeza la pechera de la camisa de Leo.

A él le encantó y su poderosa reacción quedó clavada contra el muslo que mantenía presionado en su regazo. Luego deslizó las manos por debajo de la falda de ella y le acarició la piel blanca donde no llegaban las medias.

Como subiera sus caricias, iba a descubrir que llevaba un tanga, por lo que Natasha luchó por liberarse antes de que llegara hasta allí, perdió, y un temblor de agónico bochorno hizo que la boca con la que lo besaba se quedara muy quieta.

–Vaya, ¿qué tenemos aquí? –murmuró él, deteniéndose y acariciándole un glúteo redondeado y sedoso–. El disfraz de remilgada se vuelve más tenue cuanto más se escarba.

–Cállate –soltó con los ojos cerrados. Se juró que nunca más iba a ponerse un tanga.

Él quitó la mano y Natasha abrió los ojos porque necesitaba saber qué haría a continuación, y se encontró con una cara sonriente y burlona. La furia se había desvanecido de ella y la seguridad sensual y masculina volvía a hacer acto de presencia.

–¿Me queda por descubrir algún otro tesoro oculto? –preguntó con una ceja enarcada.

–No –musitó ella, provocando en Leo una risa ronca.

Pero al instante dejó de sonreír.

–De acuerdo, en lo que a ti respecta, siento celos de Rico –confesó, aturdiéndola sin saberlo–. Así que sigue mi consejo y no lo traigas a nuestra cama o no me haré responsable de mis actos.

Antes de poder responder a esa declaración tan inesperada, Leo volvió a poseerle la boca. Natasha no tuvo idea del tiempo que se prolongó el beso, porque se perdió en la promesa cálida, lenta y embriagadora que le ofrecía.

El coche comenzó a aminorar.

Con un suspiro, volvió a depositarla en el asiento y luego la observó concentrarse en tratar de arreglarse y acomodarse la falda sobre las rodillas.

–La Señorita Remilgada –rió suavemente Leo.

Sin decir una palabra, Natasha se mesó el cabello con expresión ceñuda, ya que le resultaba incomprensible cómo había podido ser víctima tan completa de sus besos.

–Se llama atracción sexual, *pethi mou* –explicó él, leyéndole los pensamientos.

Observó su perfil a medida que se ruborizaba. Si no conociera la verdad, juraría que Natasha Moyles era una novata absoluta en el terreno del juego sexual. Pasaba de fría a ardiente y de tímida y digna. No era coqueta. No flirteaba ni invitaba. Parecía no tener idea de la reacción que le provocaba; sin embargo, era intensamente receptiva a cualquier cosa que él le hacía.

Y hacía años que él no se sentía tan sexualmente conectado con una mujer; de hecho, había creído perdida la capacidad de sentir algo tan intenso.

Gianna le había causado eso, lo había convertido en

un cínico emocional. Pero se dijo que en ese momento no deseaba pensar en su ex esposa, por lo que concentró otra vez toda su atención en esa mujer que mantenía sus sentidos al borde del abismo con sólo estar sentada a su lado.

–Hemos llegado –murmuró Leo, usando la información como otra promesa sexual, y vio que la espalda de ella se tensaba al mirar a través de la ventanilla de cristal tintado las puertas de hierro forjado que guardaban la entrada a su propiedad.

Los tres coches las atravesaron y dos de ellos se desviaron casi de inmediato a la izquierda mientras el suyo iba directamente hacia la parte frontal de una villa de dos plantas de fachada blanca.

Rasmus salió de la limusina y abrió la puerta de Leo en cuanto pararon ante los escalones. Éste bajó poseído por un deseo que le debilitaba las piernas. Vio cómo el chófer abría la otra puerta para que el objeto de dicho deseo pudiera abandonar también el coche.

Por encima del techo del vehículo, Natasha contempló los escalones de mármol. De unos ventanales enmarcados por una terraza con barandillas blancas se proyectaba luz.

–Yo vivo en el primer piso –le informó–. En la entreplanta están los aposentos para los invitados. El personal ocupa la planta baja... ¿qué te parece?

–Muy estilo transatlántico –murmuró Natasha.

–Ésa era la idea –Leo sonrió.

Rasmus y el chófer volvieron a subirse al coche y se marcharon, dejándolos uno frente al otro en el espacio en ese momento vacío. Hacía calor y era de noche, pero la luz de la mansión los iluminaba y en el aire flotaba la fragancia exótica del jazmín estival.

Natasha observó a Leo recorrerle el traje con la vista y el bolso que en una ocasión había pegado contra sus pechos.

Ya ni siquiera necesitaba decir lo que pensaba; simplemente sonrió y ella supo lo que pasaba por su cabeza. Le dejaba saber lo mucho que ansiaba el instante en que pudiera quitarle todas las prendas detrás de las cuales le gustaba esconderse.

Y lo peor era que en su interior sintió el cosquilleo de excitación expectante ante ese momento.

Cuando le extendió la mano en orden silenciosa de que fuera hacia él, cerró la distancia que los separaba como si estuviera movida por hilos.

Capítulo 5

NATASHA pensó que ningún hombre tenía el derecho a ser tan abrumadoramente masculino como Leo mientras la sensación de cosquilleo aumentaba a medida que caminaban.

El interior de la villa era un ejemplo espectacular de arquitectura moderna, pero ella ni lo notó. Se hallaba demasiado ocupada absorbiendo el hormigueo creado por cada paso que daban hacia el ascensor que los esperaba.

En cuanto entrara en el habitáculo estaría perdida, y lo sabía.

Las puertas se cerraron a sus espaldas. Leo apretó un botón y el ascensor se puso en marcha. Aún la mantenía cerca de él y ella mantenía los ojos cuidadosamente bajados, reacia a permitirle ver lo que pasaba dentro de su cabeza. Las puertas del ascensor se abrieron a un vasto recibidor lleno con una luz suave.

Lo último que deseaba ver Natasha era a otro ser humano esperándolos para darles la bienvenida. Interfería con las vibraciones que había entre ellos y la devolvieron a un sentido del yo más cuerdo.

–*Kalispera*, Bernice –saludó Leo, posando la mano en el codo de Natasha.

–Buenas noches, *kirios... thespinis* –la robusta y morena ama de llaves se volvió hacia Natasha para saludarla en un inglés muy marcado–. ¿Ha tenido un vuelo agradable?

–Sí..., gracias –murmuró con cortesía, sorprendida

de que la esperaran, para luego ruborizarse al darse cuenta de lo que eso significaba.

Bernice volvió a dirigirse a Leo.

–*Kiria* Christakis ha estado llamando –informó.

–¿*Kiria* Angelina? –quiso saber él.

–*Okhi*... –Bernice cambió de idioma.

Debido a la urgencia en el tono de voz del ama de llaves, Natasha dedujo que su ex futura suegra había dejado un mensaje largo en el que transmitía su conmoción y angustia por el desarrollo de los acontecimientos.

–Mis disculpas, *agape mou*, pero necesito unos minutos para ocuparme de esto –le dijo a Natasha–. Bernice te mostrará dónde puedes refrescarte.

Sin aguardar una respuesta, dio media vuelta y se marchó con expresión sombría e impaciente.

–¿Leo...?

Él se detuvo.

–¿Sí? –no giró.

Natasha fue consciente de la presencia de Bernice a su lado.

–¿Querrás transmitirle de mi parte a tu madrastra, por favor, que lamento sinceramente cómo... cómo han terminado las cosas? –él guardó silencio y Bernice bajó la vista al suelo–. Angelina me... me cae bien –continuó, preguntándose si había cometido algún desliz terrible en la estructura familiar griega al hablar de asuntos personales delante del personal doméstico–. Nada de lo sucedido fue su culpa y sé que debe de sentirse decepcionada y alterada.

Después de otro titubeo, él asintió con sequedad.

–Le transmitiré tu mensaje.

Reanudó la marcha, dejándola allí sintiéndose...

–Por aquí, *thespinis*...

¿Sintiéndose qué?

Bernice le pidió que la siguiera por un pasillo ancho

y tenuemente iluminado que salía del recibidor y la condujo a una suite hermosa con una enorme cama.

Natasha apartó los ojos de ella y contempló una espectacular pared curva de cristal con un interminable cielo oscuro y satinado por telón de fondo.

La mujer le indicó dónde se hallaba el cuarto de baño y que su equipaje no tardaría en llegar.

«Santo cielo, ¿cómo he terminado en el dormitorio de prácticamente un desconocido esperando mi equipaje?». Posó la vista en la cama enorme y la apartó de inmediato antes de que su imaginación pudiera invocar una imagen de lo que no tardarían en estar haciendo allí.

El entorno espacioso no se parecía a la tradicional casa victoriana de Leo en Londres. Ahí predominaba el blanco con atrevidos toques de color en los brillantes cuadros abstractos que colgaban de las paredes y el cobertor azul joya que había visto al pie de la cama.

Fue hacia la pared curva de cristal con la intención de observar la vista, pero el cristal la sorprendió cuando empezó a abrirse con un deslizamiento silencioso, sin duda activado por la proximidad de su cuerpo a un sensor oculto.

Salir del aire fresco de la habitación al calor bochornoso le cortó la respiración un momento, luego dejó el bolso en la superficie más cercana, una de las tantas mesas y sillas de bambú distribuidas por allí, y cruzó el suelo barnizado de madera hacia el destello de luces que podía ver más allá de la barandilla de la terraza al tiempo que aún intentaba controlar el nerviosismo que aleteaba en su estómago.

De pronto ante ella se extendió una ciudad de luces, tan espectaculares que por un momento olvidó sus preocupaciones. Había sido consciente de que el recorrido desde el aeropuerto había sido ascendente, pero no se había percatado del nivel tan elevado en el que se hallaban.

–Bienvenida a Atenas –murmuró una voz suave, cálida y aterciopelada detrás de ella.

No lo había oído entrar en el dormitorio y en ese instante la tensión le bloqueó los hombros finos mientras escuchaba las pisadas que se dirigían hacia ella.

–Y bien, ¿qué te parece?

Le rodeó la cintura con las manos y la pegó a él.

–Fabuloso –trató de sonar serena, cuando ambos sabían que era imposible con esa proximidad–. ¿Eso... eso de allí es la Acrópolis? –señaló con una mano que él le tomó cuando la bajaba.

–Con los barrios antiguos de Monastiraki y Plaka a sus pies –confirmó, apoyando las manos de ambos sobre el estómago de ella–. Hacia allí puedes ver iluminado el Zappeion Megaron, que se alza en nuestro Jardín Nacional, y por allí... –señaló con su otra mano– la Plaza Syntagma...

A partir de ese momento todo se tornó un poco surrealista mientras escuchaba su voz serena y melódica describir la vista nocturna de Atenas como si no hubiera ninguna corriente sexual subterránea entre ellos. Pero esas corrientes existían, igual que el poder de su proximidad física mientras la pegaba contra él. Se sentía envuelta en Leo, atrapada, rodeada y abrumada por una vibración palpitante de intimidad que bailaba en sus terminales nerviosas.

–Está muy oscuro hoy sin luna, pero puedes ver el Egeo en la distancia iluminado por las luces del puerto del Pireo. Una vez que Bernice nos haya servido la cena, te mostraré la vista desde la otra terraza, pero primero me gustaría que me explicaras, *pethi mou*, ¿qué ha cambiado en los últimos cinco minutos que te tiene temblando?

–Leo... –impulsiva, aprovechó el momento–. No puedo seguir adelante con esto. Pensé que podría, pero no es así –soltó su mano y se volvió hacia él–. Necesito que entiendas que esta...

Calló al encontrarse con la vista clavada en la pechera de su camisa blanca. Se había quitado la chaqueta y el par de botones abiertos revelaba una V de piel cálida y bronceada y una perturbadora mata de vello negro y rizado.

Las palabras importantes, «Ésta será mi primera vez», se perdieron en la lucha nueva que mantuvo consigo misma a medida que sus sentidos clamaban en su interior como bestias hambrientas.

–Tenemos un trato, Natasha –le recordó su voz.

Un trato. Apretó los labios y asintió.

–Lo sé y lo... lo siento, pero... –oh, Dios. Tuvo que apartar la vista de él para poder concluir–. Esto es... es demasiado, demasiado rápido y yo...

–¿Y tú crees que voy a exhibir mi falta de delicadeza llevándote directamente a la cama?

–Sí... no.

–Entonces, ¿qué esperas que suceda a continuación? –inquirió con sarcasmo.

–¿Tienes que sonar tan casual al respecto? –espetó, dando un paso atrás y encontrándose con la barandilla de la terraza. Incómoda por toda la situación, cruzó los brazos–. Puede que prefieras creer que hago esto de forma habitual, pero no es así.

–Ah. Pero piensas que yo sí.

–No –negó, y vio la sonrisa cínica en su cara–. No pienso eso.

–Bien. Gracias –añadió con sequedad.

–¡Apenas conozco algo sobre ti como para saber de qué manera llevas tu vida privada!

–Igual que yo conozco poco de tu vida privada –señaló él–. Así que coincidiremos en acordar que a ninguno de los dos le falta experiencia sexual y, por ende, puede ser lo bastante sofisticado como para reconocer que desea al otro... con o sin el trato que hemos pactado.

—Pero yo no la tengo —musitó.

—¿No tienes... qué? —suspiró.

Demasiado abochornada como para mirarlo, bajó la vista.

—Ninguna experiencia sexual.

Reinó un silencio súbito en el que Natasha se mordió el labio inferior. Entonces Leo volvió a suspirar.

—Basta, Natasha —censuró cansado—. No nací ayer, así que dejemos de actuar a partir de ahora.

—¡No estoy actuando! —lo miró y lo único que vio fue el destello de su impaciencia.

La atrajo antes de que ella pudiera reaccionar y le tomó la boca con un beso ardiente, duro y airadamente determinado. Una vez más ella sintió la plena y poderosa extensión de él contra su cuerpo. Sin siquiera darse cuenta, pasó de debatirse a aferrarse a los hombros de él con la boca entreabierta, absorta en ese beso apasionado.

Leo tenía razón, lo deseaba... mucho.

Ahondó el beso con una hábil maniobra de la lengua y ella sintió que su cuerpo reaccionaba estirándose y arqueándose en invitación sensual contra el calor duro de él.

Y supo que estaba perdida incluso antes de que apoyara las manos en sus caderas y estableciera un contacto aún más íntimo con lo que le pasaba a él. Cuando de pronto Leo echó la cabeza atrás, Natasha emitió un gemido de protesta.

—Me deseas —afirmó él con voz ronca—. Deja de jugar conmigo.

Antes de que pudiera contestar, volvió a reclamarle la boca con un beso volcánico que selló esa declaración como una marca al fuego en su piel. La pegó con fuerza contra él y Natasha comprendió que ya nada podría detener eso.

Y tampoco quería que parara. Quería perderse en su poder y en su intensa sensualidad y en el calor del cuerpo que en ese momento tocaba con dedos inquietos y codiciosos.

Sintió el martilleo de su corazón y cada movimiento placentero y tenso de los músculos de Leo al recorrerlos con sus dedos. La camisa se interponía en su camino... él lo sabía y con un gruñido de frustración retrocedió un paso, la tomó de la mano y la condujo dentro.

La cama sobresalía como una deslumbrante declaración de intenciones. Se detuvo al lado, luego giró, captando su incierta mirada azul e inclinándose para desterrar esa expresión con un beso. Después retrocedió otra vez.

Comenzó a quitarse la camisa despacio, revelando centímetro a centímetro su poderoso y bronceado torso lleno de suave vello negro, cuyos músculos ondulaban con cada movimiento. Natasha jamás había estado tan absorta por algo. La tensión sexual que flotaba en el aire le aceleró la respiración cuando empezó a sacársela de la cintura del pantalón. Al quitársela del todo, se vio tan envuelta en la fragancia embriagadora de su masculinidad que no fue capaz de contener las manos sin posarlas sobre él.

Él la dejó explorarlo como si se hallara en algún misterioso y mágico viaje hacia lo desconocido. Mientras sus manos lo recorrían, su lengua salió a probarle el labio superior, pero en realidad lo que ella deseaba era probarlo a él.

Leo le abrió con gentileza el botón superior de la chaqueta y Natasha jadeó como si se tratara de un paso importante. Se inclinó para besarle los labios entreabiertos al tiempo que se ocupaba del resto de los botones alternándose con besos profundos y sensuales hasta que ya no quedó ninguno que desabrochar.

Le quitó la chaqueta sin abandonar la lenta seducción y provocarle escalofríos al acariciarle los brazos y los hombros desnudos con las yemas de los dedos, y luego continuar por toda su espalda, haciendo que se arqueara hacia él y arrancándole un suspiro de placer.

Entonces abrió los ojos y vio que Leo le observaba los pechos cubiertos de satén blanco, cuya plenitud empujaban contra los bordes del sujetador. Al soltar el cierre de éste y dejar caer esa prenda escueta, ella subió las manos para cubrírselos. Leo la tomó por las muñecas y se las apartó; los ojos le brillaban mientras contemplaba los pezones transformarse en cumbres rosadas y compactas.

Nada la preparó para la descarga de placer que experimentó cuando la pegó a él y sus pechos se encontraron con el vello de ese torso poderoso.

Como en una bruma, Natasha se dijo que ya no había vuelta atrás. Sintió que su falda cedía y caía por las piernas hasta quedar en el suelo alrededor de sus pies. El tanga no era nada. Las medias finas se pegaban a sus piernas blancas. Lo siguiente en soltarse fue su cabello, que le cayó por la espalda como una caricia sexy.

Leo prácticamente la había desnudado y nunca se había sentido tan exquisitamente consciente de sí misma como mujer deseable. No le permitió retirarse y le atrajo la boca para renovar el beso. Él la alzó y la depositó sobre la cama, pero Natasha le rodeó el cuello con los brazos para asegurarse de que no rompiera el beso. Lo deseaba... todo.

–Codiciosa –murmuró sobre su boca al tumbarse a su lado.

¡Y lo era! Se hallaba atrapada en el hechizo sexual que él había estado urdiendo en torno a ella casi todo el día.

Con una mano le coronó la plenitud de un seno y la

vio contener el aliento al abandonar su boca para tomar esa cumbre. Mientras la succionaba con gentileza, las sensaciones hicieron que se retorciera y cerrara las manos en el pelo de él con el fin de apartarle la cabeza... pero Leo no se lo permitió y le mordisqueó el pezón, consiguiendo que no tardara en gemir y aferrarse a él mientras el contacto de esa lengua y esos dientes le causaba un placer al borde del dolor. De inmediato sintió que bajaba lentamente al centro de sus muslos.

Quizá él lo supo o tal vez ella volvió a gemir, pero su boca se mostró urgente y Natasha pudo percibir el apetito de él, el deseo que le exigía lo mismo y lo obtenía al besarla con una profundidad tan inusitada que se sintió inmersa en su poder.

Luego descendió y al hacerlo comenzó a quitarle el tanga. Con los ojos entornados, le bajó las medias y se irguió para bajarse la cremallera de los pantalones y descalzarse al tiempo que la observaba con ojos posesivos.

–Eres hermosa –afirmó con voz ronca–. Dime que me deseas.

No podía negarlo, ya que no era capaz de quitarle los ojos de encima, ni tampoco fingir que era una víctima cuando su cuerpo respondía de forma febril ante la visión de ese poderío desnudo.

–Te deseo –susurró.

Fue ella quien se pegó en toda su extensión contra él cuando volvió a echarse.

Lo que tuvo lugar a continuación fue una lección en seducción lenta. Le dio unos besos encendidos y delicados en la boca, la tocó con gentileza, le acarició los pechos y el fino torso, le exploró la cintura estrecha y las curvas redondeadas de las caderas. Fue una exploración de una agonía intensa y estimulante; el cuerpo de Natasha cobró vida. Cuando al final dejó que su mano le sondeara el centro húmedo y cálido entre los muslos, estuvo perdida y comenzó a retorcerse como un objeto enloquecido, suplicándole que la besara.

Y él estaba excitado, tenso, y mostró sapiencia con esos dedos hábiles.

—Leo —gimió.

Pronunciar su nombre fue como darle permiso para incrementar el fuego. Apareció sobre ella, grande y oscuro... fiero con los ojos encendidos y la tensión sexual reflejada en las mejillas tensas. Volvió a poseerle la boca y tembló cuando ella clavó los dedos en su nuca. No obstante, no disminuyó las caricias, elevándola cada vez que respiraba.

Natasha podía sentir la presión poderosa de su erección contra ella. Mientras se besaban le tembló la lengua. Un espasmo leve y ondulante trató de capturarla y gimió porque se mostró elusivo.

Leo emitió un sonido gutural, luego se alzó sobre ella como un guerrero poderoso y apasionado. De no haber sentido cómo temblaba bajo sus manos, podría haber llegado a pensar que era mitológico.

Se acomodó entre los muslos separados con la desnuda firmeza de sus caderas estrechas y el redondeado extremo de su deseo realizó la primera presión de tanteo sobre el sexo de ella. Sintiéndolo allí, comprendiendo lo que se avecinaba e ingenuamente ansiosa de recibirlo, Natasha apoyó otra vez la cabeza en la cama, preparada, anhelándolo con tanta fuerza que estaba sin aliento, atravesada por unas necesidades tan novedosas para ella que la mantenían al borde de los gritos.

De modo que la súbita y bravía embestida de su invasión, seguida de un agudo y ardiente dolor que le surcó el cuerpo, hizo que contrajera los músculos en un grito de protesta.

Leo se quedó paralizado. Ella lo miró a los ojos, y

pudo ver que la pasión se había transformado en atónita sorpresa.

–Eres virgen. Eres...

Natasha cerró los ojos y se negó a decir algo, mientras la desdeñosa negativa de Leo de que ésa sería la primera vez para ella se repetía con cruel burla por su cuerpo tenso y los músculos que ya empezaban a contraerse en torno al sexo de él.

–Natasha...

–¡No! –gritó–. ¡No hables de ello!

Él pareció conmocionado por el agónico exabrupto.

–Pero tú...

–Por favor, levántate –se retorció con desesperación y con los puños lo empujó por los hombros–. Me haces daño.

–Porque es una experiencia nueva... –la mano con la que con suavidad le apartó el cabello de la cara le tembló.

Pero no realizó intento de retirarse, apoyado sobre los antebrazos a ambos lados de ella y con una expresión tan seria que Natasha supo lo que iba a decir.

–Lo siento, *agape mou*...

–¡Tú sólo levántate! –no quería sus disculpas. Volvió a empujarlo por los hombros y a retorcerse en su esfuerzo por liberarse, pero quedó pasmada cuando sus músculos interiores se activaron ante esa intrusión con un clamor excitado que la impulsó a abrir mucho los ojos.

–Ya no te duele –murmuró él, leyendo su expresión al tiempo que bajaba la cabeza para llenarle la cara de besos ligeros y cariñosos que la hicieron temblar y la impulsaron a buscarle con ansia la boca.

–¡Oh, bésame bien! –terminó por suplicar.

Era todo lo que necesitaba un hombre precariamente contenido y sexualmente excitado para caer por el abismo. Con un juramento explícito, moldeó la boca sobre la suya. Un segundo más tarde, Natasha estuvo perdida... lanzada a un extraño y nuevo mundo lleno de sensaciones hasta que la maestría de él le causó el primer espasmo ondulante. Percibió que también él lo había sentido, ya que susurró algo ardiente contra su mejilla, deslizó los brazos poderosos por debajo de ella y comenzó a penetrarla hondo, incrementando el ritmo a la vez que mantenía un control férreo sobre las propias necesidades que lo sacudían.

Por su cuerpo comenzó a fluir la marea demoledora del placer intenso. Gimió desvalida sobre la boca de Leo. Éste cerró los dedos sobre su cabello y musitó:

—Déjate llevar, *agape mou*.

Y como una cría de ave a la que se anima a volar, Natasha abrió sus alas sensoriales y se lanzó desde el risco del mundo en un salto esplendente directa hacia el sendero frenético de una tormenta emocional. Un momento más tarde, lo sintió sacudirse al dar el mismo salto mientras la instaba a no parar hasta que los dos se convirtieron en uno en una caída salvaje y delirante.

Fue como si el después no existiera. La conmoción la lanzó como una roca a través de un agujero negro y profundo a un sueño exhausto.

«Quizá se durmió porque no quería enfrentarse a lo que acaba de hacer», musitó Leo sentado en un sillón próximo a la cama, observándola... observando a esa mujer a la que le había hecho el amor como una máquina sexual desatada mientras se ofrecía toda excusa posible que lo ayudara a justificar su conducta.

Virgen.

Su conciencia lo sacudió.

Y la culpable verdad era que todavía podía sentir la presión de ardiente placer que había experimentado cuando la barrera cedió. Un músculo en su abdomen se contrajo en respuesta directa al recuerdo. Alzó la copa de whisky que se había servido y bebió un trago generoso.

El personaje recatado no había sido una mentira.

Otro trago y se puso a estudiar su cara. Perfecta, hermosa, suavizada por el sueño y pálida por la tensión del día que había tenido...

El hormigueo en su entrepierna se convirtió en una quemazón palpitante que lo hizo sentirse como un pecador.

Bajó la copa y con ojos entornados la vio contener el aliento, luego se quedó quieto un momento antes de anunciar con tono lóbrego:

—Nos casaremos.

Natasha estuvo a punto de dar un salto hasta el techo.

—¿Estás loco? —jadeó, subiendo el cobertor hasta su mentón—. Tenemos un trato...

—Eras virgen.

Al sentarse, el pelo enmarañado le cayó alrededor de la cara y se lo apartó con gesto impaciente.

—¿Qué diferencia debería marcar ese hecho?

—Lo significa todo —insistió Leo—. Por lo tanto, nos casaremos tan pronto como pueda arreglarlo. El honor me obliga a ofrecerte esto.

—Guárdate tu honor —respiró hondo y se levantó por el otro lado de la cama donde estaba él, arrastrando la sábana consigo para cubrirse—. Después de escapar por los pelos de un matrimonio turbio, ¡no pienso lanzarme de cabeza a otro!

—No será un matrimonio turbio.

—¡Todo acerca de ti y de tu terrible familia lo es! —lo miró airada—. Estáis tan obsesionados con el valor del dinero que habéis perdido contacto con lo que de verdad es valioso en la vida. Pues yo no —alzó el mentón y con mirada desdeñosa se envolvió en la sábana—. Hici-

mos un trato en el que yo te daba sexo por seis semanas hasta poder devolverte tu preciado dinero. ¡Muestra un poco de tu tan cacareado honor y respétalo!

Dio media vuelta y se dirigió al cuarto de baño, ne-
cesitando un respiro de los recuerdos de ambos desnudos...

–Eras inocente –le dijo a su espalda.

¿Hablaba de su inocencia sexual o de ser inocente
del resto de malvadas acusaciones que había lanzado
contra ella?

–Cíñete a la primera impresión que sacaste de mí
–soltó por encima del hombro–. ¡Tu instinto funcionaba mejor entonces!

Entró en el cuarto de baño y cerró.

Leo hizo una mueca y algo rojo captó su atención
en la periferia de su visión.

Miró hacia la cama.

–*Theos* –musitó mientras las entrañas se le contraían.

La prueba de que acababa de tomar a su primera
mujer virgen lo miraba a la cara como una salpicadura
de indignación.

Se vistió.

Capítulo 6

ENFUNDADA en un albornoz extra que había encontrado colgado, respiró hondo, abrió la puerta del cuarto de baño y salió. El corazón le martilleaba con fuerza. Había necesitado mucho tiempo para reunir valor suficiente para dejar ese refugio.

Tardó unos minutos en percatarse de que había estado atormentándose por nada, ya que Leo ni siquiera se encontraba en el dormitorio. Y la cama se veía tan arreglada que era como si nunca se hubiera usado. Hasta su ropa, antes en el suelo, estaba perfectamente doblada sobre el sillón que él había ocupado.

Se preguntó si habría sido Bernice. La sola idea le causó un rubor mortificado. Apartó la vista de la cama y se puso a buscar la bolsa de viaje al tiempo que echaba de menos que alguien se hubiera molestado en decirle que iba a sentirse de esa manera... ¡tensa, nerviosa y horriblemente insegura sobre lo que sucedía después de haberse metido en la cama con un hombre al que apenas conocía!

En ese momento se abrió la puerta del dormitorio y giró con brusquedad. Esperando encontrarse con Bernice, la sorprendió y al mismo tiempo la puso nerviosa ver a Leo.

La primera diferencia que notó fue que él estaba vestido y ella no. El modo en que la recorrió con la vista transformó el rubor mortificado en otra cosa.

Cerró a su espalda y avanzó hacia ella como un poderoso señor de la guerra que iba a reclamar a su mujer para una segunda tanda de sexo devastador. Se preguntó cómo podía exhibir esa sonrisa relajada como si todo en el mundo estuviera perfecto. ¿Es que nunca había sentido incomodidad, nerviosismo o timidez por algo?

Supuso que no ese hombre. Irradiaba la clase de vitalidad masculina que la impulsó a cerrarse el albornoz hasta el cuello.

—Tienes el pelo mojado —observó él, alzando una mano para pasarla por la parte de atrás de su cabeza—. Te buscaré un secador —murmuró mientras le acariciaba la mejilla encendida—. Pero la verdad es que creo que te ves adorable tal como estás, y si creyera que podías tomar más de mí en este momento, ya te habría alzado en brazos para llevarte a la cama.

Natasha le apartó la mano.

—No te dejaría.

—Tal vez no tuvieras otra elección —la aguijoneó con suavidad.

Su mirada sobresaltada se topó con los ojos burlones de él.

—¿Quieres decir que me obligarías?

—Te seduciría para que cambiaras de parecer, preciosa —corrigió, luego bajó la cabeza para robarle un beso.

Pero demoró sus labios el tiempo suficiente hasta conseguir una reacción de ella antes de volver a retirarse.

—Por suerte para ti, ahora mismo me muero de hambre de comida de verdad —se mofó de su expresión—. Ponte algo cómodo mientras yo me ducho, luego iremos a desayunar.

Entonces desapareció en el cuarto de baño. «¡Arrogante... arrogante... *arrogante*!», pensó ella mientras se limpiaba el sabor de su boca de los labios.

Malhumorada consigo misma por ser tan sensible a

él, empleó parte de su irritación en subir a la cama la bolsa de viaje y abrir de un tirón la cremallera. No tenía ni idea de lo que había guardado dentro. Apenas tenía un vago recuerdo de haber metido ropa al azar. Con dedos tensos, hurgó en el interior y sacó unos vaqueros viejos y una camiseta verde clara.

Dio gracias al cielo por localizar unas braguitas normales y no un tanga. También las dejó sobre la cama. Encontró otro traje de estilo similar al azul claro que había llevado todo el día, sólo que ése era de un color crema pálido que le hizo fruncir el ceño, ya que era incapaz de imaginarse comprándolo, y menos luciendo semejante tono con su tez blanca. Sin embargo, debía de haberlo hecho, ya que de lo contrario no estaría allí.

O tal vez la nueva Natasha, la que se cerraba el albornoz con una mano después de haber perdido la virginidad con un griego arrogante, había desarrollado gustos diferentes. Desde luego se sentía diferente, más anhelante y viva en sitios íntimos y tan consciente de su propio cuerpo que el simple hecho de pensar en él le causó un hormigueo.

Descubrió que había olvidado incluir un neceser con maquillaje, o un cepillo o peine. En la bolsa aparecieron unas faldas aburridas junto con unas blusas realmente aburridas. Ceñuda, vio que sólo había un par de zapatos... ¡y ningún otro sujetador! Con un suspiro, se volvió hacia el sillón donde el resto de su ropa se hallaba pulcramente doblada, y estaba a punto de ir a recoger el sujetador blanco cuando Leo salió del cuarto de baño.

Se quedó inmóvil entre el sillón y la cama mientras su mente, segundos antes concentrada en lo que iba a ponerse, se paralizó de repente.

Aparte de la toalla baja alrededor de su fina cintura, estaba desnudo. Gotas de agua centelleaban en el vello de su pecho. El corazón se le desbocó al posar la vista en los marcados abdominales. La toalla le cubría las caderas y unos muslos largos y poderosos. Entonces sintió el torrente puro de lo que significaba el deseo verdadero extenderse con calor por cada capa de la piel.

«Santo Dios, lo deseo desesperadamente», reconoció cuando esas piernas se pararon y sus miradas se encontraron. Fue como ahogarse, porque por el modo en que Leo entrecerró los ojos supo que estaba interpretando con precisión la reacción que le inspiraba.

–He olvidado guardar algo de maquillaje –las palabras salieron impulsadas por el pánico.

Él permaneció quieto unos segundos más, estudiándola, hasta que comenzó a caminar.

–No necesitarás maquillaje para cenar a solas aquí conmigo –respondió.

Natasha dejó de mirarlo y observó la ropa que había sacado y depositado sobre la cama.

–Ni siquiera he traído algo adecuado que ponerme para la cena –se afanó en sonar tan serena como él, cuando era lo último que realmente sentía.

Leo se detuvo junto a ella.

–Ponte eso de color crema –sugirió con apenas un leve destello de desagrado en la voz.

Fue suficiente. Natasha movió la cabeza.

–Lo odio.

Desconcertado, la miró.

–Natasha, ¿qué...?

–¿Qué... qué te vas a poner tú? –se oyó preguntar antes de contener el aliento. ¡En toda la vida le había hecho una pregunta tan impropia y estúpida a un hombre! Tuvo ganas de retractarse, algo imposible. Lo miró–. Escucha, Leo...

La respuesta de él fue absolutamente inesperada. Dejó caer la toalla que lo cubría.

–No nos pongamos nada –repuso.

La completa barbaridad del gesto la dejó sin habla. Su cuerpo se vio invadido por un calor que le empapó la entrepierna antes de extenderse. Intentó respirar. Tragar. Trató de dejar de mirarlo pero le fue imposible. Intentó retroceder cuando él cerró la distancia que los separaba, pero sus piernas se habían convertido en líquido que se negaban a obedecerle.

Él alargó el brazo hacia la mano con la que ella cerraba el albornoz y con gentileza le separó los dedos.

–Leo, no... –trató de protestar mientras el corazón le martilleaba descontrolado ante lo que sabía que ocurriría a continuación.

–Leo..., sí –interpretó él.

Dos segundos después, el albornoz caía a sus pies. Las pieles recién duchadas se encontraron y los pechos desnudos de Natasha se tornaron como rocas. Él capturó el jadeo aturdido con un beso que hizo que el mundo le diera vueltas. No quiso pararlo, simplemente se entregó al placer mareante del beso aferrándose a los poderosos bíceps al tiempo que aproximaba las caderas a la creciente prueba del deseo que lo embargaba y de la formidable promesa que ofrecía. A los pocos segundos era una masa temblorosa de terminaciones nerviosas que se movía contra él y le devolvía el beso.

El sonido de la puerta del dormitorio al abrirse con suficiente fuerza como para hacerla rebotar contra la pared la asustó. Abrió los ojos. Leo ya alzaba la cabeza, mirando hacia la entrada, movimiento que ella imitó.

En el umbral había una mujer alta, esbelta como un junco y de una belleza deslumbrante, enfundada en un llamativo, ceñido y corto vestido de satén rojo. Tenía los centelleantes ojos negros clavados en Leo y el rostro exquisito blanco como la tiza.

–Gianna –saludó él con suavidad–. Es agradable

que nos hagas una visita, pero, como puedes ver, estamos ocupados...

Natasha se quedó como un bloque de hielo cuando su ex esposa se lanzó a un ataque estridente en griego. Leo no dijo absolutamente nada durante toda la diatriba. Simplemente, mantenía a Natasha cerca como si tratara de protegerla de la desnudez con su propia extensión desnuda al tiempo que dejaba que la otra se desahogara.

Fue horrible. Natasha deseó que pudiera tragársela la tierra. Era de una obviedad tan humillante que Gianna se creía con derecho de gritarle a Leo. Comparar la situación con la que había presenciado entre Cindy y Rico le provocó un escalofrío de vergüenza.

Leo la sintió temblar y la miró, luego frunció el ceño al tiempo que con movimiento fluido se inclinaba para recoger el albornoz del suelo y se lo pasaba alrededor de los hombros.

—Ahora cállate, Gianna —ordenó con tono lóbrego—. Suenas como una arpía.

Para sorpresa de Natasha, los gritos cesaron.

—Se suponía que esta noche ibas a estar en el Boschetto —Gianna pasó a condenarlo en inglés—. Esperé y esperé que llegaras, ¡y me sentí como una idiota cuando no apareciste!

—No acordé ningún encuentro contigo —indicó Leo, inclinándose una segunda vez con el fin de recoger la toalla, que se ciñó a la cintura—. De modo que si quedaste en ridículo, fue por propia voluntad.

—Se te esperaba...

—No tú —cortó Leo—. Permite que te ayude...

Mientras trataba de meter los brazos en las mangas del albornoz, Natasha vio que Leo se ocupaba de la tarea, pero le apartó las manos y musitó con sequedad:

—Lo haré yo.

No podía mirarlo... no quería mirar a su ex esposa.

El bochorno le atenazaba las entrañas y la humillación la hacía temblar.

Hablar le ganó la atención de Gianna; sintió la mirada cortante de la otra mujer.

–¿De modo que ahora te gustan bajas y gordas? –le dijo a Leo.

¿Gorda? Natasha hirvió de indignación y arrebujó su figura de talla diez en el albornoz.

–Mucho mejor que una zorra huesuda con un corazón de mujerzuela –respondió Leo, acariciando la mejilla encendida de Natasha como en señal de disculpa por el insulto de su ex mujer–. Y ahora compórtate, Gianna, o haré que Rasmus te eche de aquí. De hecho –añadió con curiosidad–, me interesaría saber cómo has entrado en mi casa.

Atreviéndose a mirarla, vio que estaba con los brazos cruzados. Era delgada y debía de medir un metro ochenta, y el modo en que la habían enfundado en ese vestido rojo de satén revelaba lo necesario acerca de las diferencias entre ambas.

Tenía una estructura ósea fabulosa y sus ojos negros miraban desafiantes a Leo, la boca roja un mohín de provocación.

Leo soltó una risa baja y cínica, como si entendiera muy bien qué transmitía esa expresión.

–¿Quién es? –Gianna le dedicó otra mirada despectiva a Natasha–. ¿Otro intento de encontrarme sustituta?

Natasha retrocedió. Leo volvió a atraerla a sus brazos y no le prestó atención cuando intentó apartarse.

–Nunca en mil años alguien podría sustituirte, mi ángel generoso –se mofó con sequedad. Luego miró a Natasha y con voz suave dijo–: En forma de una sentida disculpa a ti, *agape mou*, debo presentarte a Gianna, mi ex mujer.

–¡No soy tu ex nada! –estalló Gianna.

–Gianna, nada en este mundo me proporciona más placer que presentarte a Natasha, mi hermosa y *futura* esposa.

Como una forma fría y hábil de arrojar una bomba, resultó magistral.

Natasha se quedó helada y la hermosa Gianna se puso pálida.

–No –susurró.

–Es lo que desearías –respondió Leo.

–¡Pero tú me amas! –gritó la otra llena de angustia.

–En una ocasión mereciste ser amada, Gianna. ¿Ahora...? –concluyó con un encogimiento de hombros que lo decía todo. Y luego cometió lo que al parecer era el pecado definitivo a ojos de su ex, inclinándose para capturar en un beso la boca entreabierta por la sorpresa de Natasha.

Sin ninguna advertencia de lo que iba a pasar, el pandemónium se desató con un chillido que sacudió la atmósfera cuando Gianna se lanzó sobre Natasha como una mujer decidida al asesinato. Ésta se sobresaltó como un conejo asustado. Leo soltó un juramento y se plantó justo delante de ella, recibiendo el embate de la furia de Gianna sobre sí mismo.

Fue una situación horrible. Natasha sólo pudo permanecer detrás de él mientras Leo sujetaba las muñecas de su ex mujer para evitar que le clavara las uñas en la cara.

–Discúlpanos –le dijo con tono seco a Natasha antes de llevarse a la fuerza de la habitación a la mujer que gritaba.

Natasha descubrió que las piernas ya no podían sostenerla y se dejó caer en el borde de la cama.

Del otro lado de la puerta, Rasmus salía del ascensor. Leo le dirigió una mirada centelleante y su jefe de seguridad palideció.

–Lo siento, Leo –musitó–. No sé cómo...

–Sácala de aquí –espetó Leo–. Llévala a casa y cálmala.

Gianna había dejado de gritar y de luchar y en ese momento lloraba sobre su pecho y se aferraba a él. El disgusto estrujó las entrañas de Leo cuando hizo falta la fuerza controlada de ambos hombres para quitársela de encima y trasladarla al ascensor.

–No sé cómo entró aquí –repitió Rasmus incrédulo.

–Pero lo averiguarás –ordenó Leo–. Luego ocúpate de que quienquiera del personal al que le dedicara sus favores, no vuelva más –entonces apretó el botón que cerraba las puertas del ascensor.

Solo en el vestíbulo, se frotó la nuca. En su interior bullía ira, desprecio... repugnancia. ¡Ya había recibido una llamada de teléfono de Gianna en la que le había dejado bien claro que debía dejarlo en paz!

Su irrupción allí había sido deliberada. Hasta los gritos histéricos habían sido una actuación. Y el hecho de que no se había pensado dos veces seducir a alguien del personal para conseguir lo que quería era otra faceta de su personalidad retorcida que lo llenaba de disgusto.

Se detuvo ante la puerta cerrada del dormitorio. No era tonto. Sabía que la oportuna interrupción de Gianna había sido un montaje, igual que la comparación que Natasha había establecido desde el momento en que se había iniciado todo.

Rico con su hermana.

Maldijo para sus adentros. Se puso a ir de un lado a otro del ancho del pasillo tratando de controlar la furia que aún bullía en su interior... ¿cómo diablos se explicaba a una gata obsesionada por el sexo como Gianna, que sólo funcionaba del lado correcto de la cordura mientras supiera que siempre iba a estar allí para ayudarla a levantarse cuando se desmoronara?

Reconoció que resultaba demasiado complicado. Respiró hondo y abrió la puerta del dormitorio.

Natasha había vuelto a ponerse el traje azul y guardaba sus cosas en la bolsa de viaje.

–No me montes una escena histérica –soltó, cerrando a su espalda.

–No estoy histérica –respondió con calma.

–Entonces, ¿cómo llamas al modo en que estás llenando esa bolsa?

Su propia furia lo sorprendió al tiempo que Natasha se volvía para observarlo. Vio que la Señorita Fría y Remilgada había regresado y lo agitaba como un...

Lo miró con unos fríos ojos azules.

–¿Esa reacción se debe tal vez a ella? –preguntó con sumo desdén.

«Diablos», maldijo Leo para sus adentros.

–Lo siento –musitó, sin saber muy bien de qué se disculpaba... si por el modo agresivo en que le había hablado o su descontrolado... Con los labios apretados, fue al armario y sacó unos vaqueros que se puso–. Está loca –murmuró.

–Entra la esposa hermosa y loca... y se marcha la otra mujer baja y gorda –metió un par de zapatos en la bolsa.

–*Ex* esposa –corrigió, subiéndose la cremallera.

–Intenta decírselo a ella.

–Lo hago... constantemente. Como tú misma has visto, no escucha... y no vas a ir a ninguna parte, Natasha, así que ya puedes dejar de llenar esa bolsa.

Se irguió, pero al mirarlo el corazón le dio un vuelco y la respiración se le alteró. Era tan abierta y hermosamente masculino que necesitó concentrarse para regresar al tema que trataban.

–¿De... de modo que pensaste que lo mejor era recurrir a una mentira acerca de que sería tu próxima esposa para lograr que te escuchara?

Él frunció el ceño.

—No fue una mentira, Natasha —declaró en tono de advertencia.

—Oh, sí que lo fue —replicó—. No me casaría contigo ni aunque en ello me fuera la vida.

—¿Quieres decir que estás aquí únicamente con la intención de usarme para el sexo? —ironizó antes de poder contenerse.

—¡Sustituta! —exclamó ella como un latigazo—. Y ni siquiera eso otra vez —añadió, apartando la vista de él para cerrar la bolsa con violencia.

Leo se apoyó en la puerta del armario y cruzó los brazos.

—Entonces, yo también fui un pobre sustituto de una noche —pinchó él.

—Muy pobre —apretó los labios y asintió para confirmarlo, luego añadió con amargura—: Dios me libre de la clase rica. Todo lo que hacen es tan gratuito que constantemente me revuelve las entrañas.

—¿Eso iba dirigido a mí, a Gianna o a Rico?

—A los tres —ceñuda, buscó su bolso con la vista. No pudo verlo en ninguna parte y no recordó la última vez que lo tuvo en la mano.

—¿Has perdido algo valioso? —preguntó él con falsa suavidad—. ¿Como tu virginidad, quizá?

Fue como una bofetada.

—Acabo de recordar por qué me desagradas tanto.

Él se encogió de hombros.

Una sensación que Natasha no quería sentir se extendió por su interior. El labio superior le tembló... tenía que salir de allí.

—¿Has visto mi bolso?

—¿Para qué lo necesitas?

Enderezó los hombros tensos y repuso:

—Ya estoy lista para marcharme.

—¿Qué tipo de transporte usarás?

—¡Un taxi! —espetó.

—¿Tienes dinero para pagarlo? —quiso saber—. ¿Y un teléfono móvil con que llamarlo? ¿Hablas algo de griego, *agape mou*? ¿Conoces siquiera esta dirección para poder indicarle al taxista dónde recogerte?

Adrede la estaba machacando con una lógica implacable.

—Tú... tú tienes mi móvil —le recordó, odiando el delator temblor en su voz.

Él respondió con otro de esos irritantes encogimientos de hombros.

—Debí extraviarlo, igual que tú el bolso.

Llegando a la conclusión de que la única manera de tratar con ese hombre que la desquiciaba era no prestarle atención, se puso a buscar el bolso por la habitación.

Mientras la observaba con ojos entrecerrados, pensó que un hombre no podía encontrar más contraste entre la fría dignidad de Natasha y el libertinaje atolondrado de Gianna. ¡Donde ésta se aferraba a él como una planta trepadora, la mujer exasperante que tenía ante él se preparaba para abandonarlo!

—Dime, Natasha —preguntó con tono sombrío—, ¿por qué estás tan ansiosa de irte cuando no hace más de diez minutos te hallabas lista para volver a caer conmigo en la cama?

—De algún modo tu esposa se presentó aquí —murmuró, comprobando debajo de uno de los cojines del sillón por si se hubiera deslizado allí.

—Ex esposa... ¿y...?

—Tal vez su reclamo sobre ti tiene cierta justificación —indicó con indiferencia.

—¿De qué tipo...? —insistió sin ningún atisbo del tono burlón con el que había iniciado esa conversación. Sentía una curiosidad auténtica por conocer el enfoque que le daba ella a toda la situación.

–El modo en que llevas tu vida es asunto tuyo –acobardándose en el último instante de exponer abiertamente la verdadera cuestión que la obsesionaba, abandonó la búsqueda en el sillón y volvió a dejar el cojín en su sitio.

Pero... ¿se acostaba aún con su ex mujer cuando le apetecía? ¿Tenía Gianna un derecho real a los reproches que había hecho al irrumpir en la habitación? ¡En ese caso, no era mejor que Rico en la forma de tratar a las mujeres!

Volvió a concentrarse en la búsqueda del bolso.

–No tengo una relación con mi ex esposa –dijo él al final–. No me acuesto con ella y no tengo deseo de hacerlo, aunque Gianna prefiere decirse a sí misma que cambiaré de parecer si se muestra tenaz e insistente... Por si no lo has notado –continuó cuando ella giró para mirarlo–, Gianna no es muy... estable.

Era un modo cortés de exponerlo, pero supo que él se contenía de manifestar lo que de verdad creía acerca de la salud mental de su ex. ¿Y qué hacía ella? Quedarse ahí escuchando cada palabra como una adolescente embobada necesitada de una reafirmación.

–En algunos aspectos, aún me siento responsable de ella porque fue mi esposa y en una ocasión la quise... hasta que apretó el botón de autodestrucción de nuestro matrimonio por razones que no se están tratando aquí –la voz le advertía de que no intentara insistir–. Me disculpo por su irrupción y porque te avergonzara –expresó con sequedad–. ¡Me disculpo porque encontrara un modo de entrar en esta propiedad! –una furia renovada lo alejó del armario–. Pero eso es... es hasta donde estoy preparado a llegar con el fin de hacer que te sientas mejor acerca de la situación, Natasha. ¡Así que deja de comportarte como una novia trágica en su noche de bodas y quítate la maldita chaqueta antes de que te la arranque yo!

–¿Qué...? –sin lograr tender el puente entre la sombría explicación sobre Gianna y el súbito ataque contra ella, parpadeó atónita.

Lo que pareció enfurecerlo aún más.

–¡Mientras tú juegas a la pobre víctima maltratada, pareces haber olvidado convenientemente el dinero que me has robado!

El dinero.

Natasha se quedó quieta como si Leo le hubiera pegado. Éste contuvo un juramento porque su vacilación le indicó que de verdad había olvidado todo sobre el dinero. Aunque la maldición fue dirigida hacia sí mismo por habérselo recordado cuando hubiera preferido que permaneciera olvidado. En ese momento se la veía tan pálida y consternada que se preguntó si iría a desmayarse.

Con un suspiro fue hacia ella. Alargó las manos y comenzó a desabotonarle la chaqueta con movimientos tensos, en absoluto pausados como la vez anterior.

Ella ni siquiera ofreció resistencia y dejó que le quitara la prenda, lo que sólo sirvió para enfurecerlo más. Con los hombros tensos, tiró la chaqueta a un lado y regresó al armario. Sacó una camiseta blanca y se la puso.

Al girar de vuelta hacia ella, la encontró quieta en el sitio donde la había dejado, dando la perfecta impresión de ser un espectro.

Verla de esa manera le estaba destrozando los sentidos... hacía que quisiera reiterarle las disculpas.

–La cena –dijo, decantándose por otra opción y manteniendo la voz ruda... ¡porque seguía siendo una ladrona tramposa aunque quisiera olvidar quién era!

Al final movió los labios.

–No tengo hambre...

–Vas a comer –afirmó–. No has comido nada desde que vomitaste en mi piso de Londres.

Natasha sintió ganas de llorar otra vez, aunque no supo por qué verlo descalzo y bronceado, moviéndose con elasticidad hacia la puerta, le provocaba semejante deseo, pero de pronto anheló sentarse en un rincón oscuro y...

Él abrió la puerta del dormitorio y se quedó esperándola. Fue con la cabeza gacha porque resultaba inútil continuar la discusión cuando lo único que tenía que hacer él era mencionar el dinero para destrozarle todas las líneas de defensa.

No lo miró al pasar a su lado en dirección el pasillo. Mantuvo la cabeza inclinada cuando abrió el camino hacia una habitación iluminada por velas que exhibía otra pared de cristal. Bernice estaba arreglando las últimas piezas de los cubiertos sobre un mantel blanco de lino en una mesa coquetamente puesta para dos. Más allá de la mesa aparecía la vista nocturna de Atenas, como el fondo más romántico que podía desear una mujer.

Bernice le sonrió y le dijo unas palabras en griego a Leo.

A partir de ese momento no tuvieron intimidad, porque después de retirarle la silla para que se sentara, apareció una doncella para servirles la cena. Tuvo la impresión de que Leo lo había preparado de esa manera con el fin de evitar cualquier pelea con ella, pero la tensión existente entre ambos le hizo casi imposible tragar bocado, aunque intentó comer. Cuando ya no lo consiguió, desvió la vista hacia el maravilloso paisaje detrás del cristal o hacia la copa de vino blanco con la que jugueteaba sin beber... cualquier cosa menos mirarlo a él.

Entonces Leo quebró el momento. Con una súbita mirada hizo que la doncella abandonara la habitación y de pronto se inclinó, extendiendo el brazo para coronarle con descaro el pecho izquierdo.

–Lo sabía –murmuró–. No llevas sujetador, bruja provocadora.

Con los sentidos del placer en sobrecarga, Natasha se levantó como impelida por un resorte. Él se incorporó más despacio, la cara tensa, los ojos brillantes a la luz de las velas.

–Jamás vuelvas a tocarme de esa manera sin mi permiso –soltó con un susurro ahogado, luego rodeó la silla y salió casi sin ver de la habitación.

Encontró el ascensor allí con las puertas abiertas. Entró sin pensárselo y lo mandó a la planta baja. En el jardín, el aire húmedo estaba invadido por la fragancia de naranjas. Una luz suave la atrajo hacia un sendero sinuoso entre arbustos bien podados y naranjos en flor. No sabía adónde iba, sólo que necesitaba encontrar ese rincón oscuro donde poder acurrucarse y al fin dar rienda suelta a las lágrimas contenidas durante tanto tiempo.

Lo encontró en la forma de un banco casi oculto bajo el ramaje de un árbol próximo al alto muro que rodeaba toda la propiedad. Sentándose, alzó las rodillas hasta su mentón, apoyó la frente en ellas y se dejó llevar. Lloró por todo, desde el momento en que leyó el mensaje en su teléfono móvil aquella mañana hasta el instante en que Leo le había tocado el pecho durante la ccna... lloró y lloró y lloró.

Leo se apoyó contra el tronco del árbol y escuchó. En su interior, nunca en la vida se había sentido tan mal. El modo en que había estado tratándola todo el día había sido prácticamente imperdonable.

Pero el modo en que la había tocado unos momentos atrás era, sin lugar a ninguna duda, el punto más bajo al que había caído.

Y escucharla dejarse el alma en el llanto era el castigo que merecía. Salvo que no pudo soportar seguir en esa actitud pasiva y, con un suspiro, se apartó del tronco y fue a sentarse junto a ella, y luego la acomodó sobre su regazo.

Durante uno o dos segundos, ella intentó ofrecer resistencia, pero él le murmuró:

–Shh, lo siento –y la abrazó hasta que dejó de debatirse y reanudó el llanto.

Cuando terminó y al final se tranquilizó, Leo se puso de pie con ella en brazos y la llevó otra vez dentro. Lo hizo sin pronunciar palabra alguna, sin prestar atención a la docena de cámaras que estarían apuntándoles desde el momento en que Natasha salió al exterior.

Nada más depositarla en la cama, comprendió que estaba dormida. Con el cuidado de un hombre encargado de algo frágil, le quitó los zapatos y la falda, luego la cubrió con la sábana.

Se irguió y permaneció mirándola durante unos segundos, después salió del dormitorio y fue a su despacho.

–Juno –saludó un minuto más tarde–. Mis disculpas por la hora intempestiva, pero necesito que hagas algo...

Capítulo 7

NATASHA despertó a una suave luz diurna que se filtraba por la pared curva de cristal y con el recuerdo instantáneo de lo sucedido la noche anterior, lo que hizo que girara la cabeza en la almohada para comprobar el otro lado de la cama.

El corazón recuperó su velocidad normal al descubrir que estaba sola; la única señal de que había compartido la cama durante la noche era la leve marca que podía ver en la almohada y el modo en que Leo había apartado la sábana al levantarse.

Entonces, la sugerencia de un sonido del otro lado de la puerta del dormitorio le recordó lo que la había despertado. Se levantó y corrió hacia el cuarto de baño, y al hacerlo fue consciente de que aún llevaba puesto el top blanco con el que había pasado casi todo el día anterior.

Sin ningún tipo de agradecimiento, pensó que Leo había mostrado un extraño brote de sensibilidad no desnudándola. El día anterior la había destrozado con brutalidad, por lo que un ínfimo vestigio de humanidad al no despojarla de toda su dignidad no hacía que lo apreciara más.

Se metió en la ducha con el cabello protegido con una toalla blanca y frunció el ceño ante la cantidad de mandos que había.

De pronto unos chorros de agua la golpearon desde todas partes, haciendo inútil el intento de detenerlos apretando botones. Jadeó al sentir el impacto del agua.

La sensación fue tan intensa que la hizo bajar la vista a su cuerpo, casi esperando ver que, de algún modo, había sufrido una alteración física, pero lo único que vio fue su silueta normal y curvilínea, de piel pálida, pechos plenos y caderas redondeadas con una delicada aglomeración de rizos oscuros en la unión de los muslos.

Pero aceptó que por dentro, donde de verdad importaba, había cambiado. En un solo día se había convertido en una mujer. Sin ilusiones bobas sobre el amor y el romance, y que se había visto obligada a enfrentarse a la fría realidad... que no se necesitaba amor o romance para entregarse por completo a los placeres de la carne.

Sólo hacía falta el deseo de alargar la mano y tomarlo cuando estaba ahí delante.

Rico era de esa manera. También su hermana Cindy. Veían, deseaban, tomaban. Si estaba al alcance de la mano, ¿por qué no? Bien podía aceptar que se había incorporado a esas filas, porque allí de pie, dejando que la ducha le infligiera esa tortura, podía tratar de convencerse de que había sido chantajeada para meterse en la cama de Leo, pero jamás sería verdad.

Lo había querido, había dejado que él lo viera, Leo había tomado, y ya estaba. Qué presentación fabulosa a la realidad de la vida.

Bernice entraba desde la terraza cuando ella salía del cuarto de baño enfundada en el albornoz. Sintiendo una oleada de timidez, tuvo ganas de regresar al baño a esconderse hasta que el ama de llaves se hubiera marchado, pero ya era demasiado tarde.

–*Kalemera, thespinis* –la saludó con una sonrisa el ama de llaves–. Es un día precioso para desayunar fuera, ¿no le parece?

–Perfecto –Natasha logró devolverle la sonrisa–. Gracias, Bernice –añadió con cortesía.

Cuando la mujer abandonó el dormitorio, salió a la

terraza con las manos en los bolsillos del albornoz y se encontró con una luz radiante y el estimulante aroma a café y tostadas. Al oír crujir a su estómago, comprendió que estaba hambrienta.

De pronto se quedó quieta. Por alguna razón inexplicable, no había esperado encontrar a Leo sentado a la mesa preparada para el desayuno. Sin embargo, ahí estaba, leyendo el periódico con una taza de café próxima a su boca.

El suave jadeo de sorpresa hizo que él alzara la vista del diario y la estudiara de arriba abajo con párpados entornados.

–*Kalemera* –murmuró al tiempo que se levantaba.

Fue como si la golpearan de frente todas las cosas que no se había permitido pensar desde que despertara esa mañana... Leo en carne y hueso. Aunque llevaba un traje convencional de color gris, la cálida intimidad compartida se hizo sentir entre sus muslos. El rostro estaba impecablemente rasurado, resaltando los rasgos fuertes y atractivos e irritándola por el rubor que le produjo.

–Buenos días –respondió.

Una media sonrisa se asomó a los labios de él.

–Espero que hayas dormido bien.

–Sí, gracias –repuso ella con distancia.

Desvió la vista y hundió las manos aún más en los bolsillos del albornoz, luego se obligó a ir hacia la mesa y ocupar la silla frente a él, esperando que volviera a sentarse, lo que no hizo.

–Bernice no sabía qué preferías para desayunar, de modo que ha preparado una selección variada –con la mano indicó otra mesa a un lado de la terraza, cubierta con platos–. Dime qué te apetece y te lo serviré.

–Gracias, pero sólo deseo una tostada.

–¿Zumo? –ofreció.

Una leve vacilación, luego asintió.

–Por favor.

Él fue a servírselo. Natasha pensó que costaría obtener una escena hogareña más serena.

Apartando la vista con celeridad cuando él se dio la vuelta, fingió interés en la vista diurna de Atenas que titilaba bajo el sol. Una de sus manos depositó una copa con zumo de naranja delante de ella. No se apartó y entre ellos surgió otro de esos momentos de titubeo que generaba señales vibrantes que Natasha no deseaba leer. Y se encontraba tan cerca que podía percibir su fragancia y la masculinidad de su sexualidad.

Luego depositó un plato con una tostada junto a la copa.

—Gracias —murmuró ella.

—De nada —regresó a su asiento.

Natasha se lo agradeció, ya que entonces pudo dejar de contener el aliento.

Leo alzó su taza de café y el periódico.

Ella bebió un sorbo de zumo. Estaba a punto de comenzar con la tostada cuando vio su teléfono móvil en la mesa y sus dedos se quedaron quietos en mitad del aire.

—Bernice lo encontró en el bolsillo de mi chaqueta. Había olvidado que lo tenía.

Podía dar la impresión de que se hallaba enfrascado en el periódico, pero resultaba evidente que no era así.

Natasha apretó los labios y asintió, luego recogió el aparato, levantó la tapa y miró la pantalla.

Estaba lleno con mensajes de voz o de texto de Rico o Cindy. Consciente de que Leo la observaba, del silencio que se espesaba entre ambos, comenzó a borrar cada mensaje, obteniendo una especie de placer frío con cada desaparición de la pantalla. Cuando el último se desvaneció, cerró el teléfono y volvió a depositarlo sobre la mesa antes de centrarse en la tostada.

—Necesito comprar algo de ropa —anunció con frialdad.

Leo no habló, aunque ella pudo sentir el deseo que tenía de decir *algo* acerca del modo en que había borrado todos los mensajes del teléfono. ¿Los habría leído? ¿Habría esperado encontrar instrucciones de Rico para que se escabullera de allí y se ocultara durante seis semanas hasta que pudieran tener acceso al dinero robado?

Él metió la mano en el bolsillo interior de su chaqueta y sacó una cartera de piel.

–Te abriré una cuenta en mi banco –comentó–, pero por ahora...

Dejó un fajo gordo de dinero junto a su móvil. Crispada, Natasha lo miró.

–Compra lo que quieras –invitó–. Rasmus te llevará a Atenas...

–No necesito un chófer –susurró con voz tensa–. Podré encontrar las tiendas sola.

–Rasmus no te acompañará en calidad exclusiva de chófer –le explicó–. Te escoltará adonde vayas mientras estés aquí.

–¿Con qué fin? –se obligó a mirarlo–. ¿Para frenarme en caso de que decida dejarte? –expuso con rigidez–. No quiero terminar en la cárcel.

–En ese caso, considéralo una protección –sugirió él.

–¿Que necesito porque...?

Él enarcó las cejas.

–¿Porque es un mal necesario en la época en que nos ha tocado vivir? –ofreció.

–Para ti, quizá.

–Ahora tú eres una parte íntima de mí, lo que significa que debes aprender a aceptar lo malo con lo bueno.

–Para ello la gente tendría que saber que estoy contigo.

–Lo sabrá... a partir de esta noche –indicó, doblando con calma el periódico–. Cenaremos fuera con unos amigos míos. Así que mientras vas de compras, elige un vestido... algo apropiado para un acontecimiento de gala. Algo... bonito.

¿Bonito?

Al ver la expresión de ella, agregó:

–Algo... llamativo, entonces, que... complemente tu figura.

–¡No pienso vestirme como una muñeca sólo para ayudarte a demostrarle algo a tu ex esposa!

–¿Por qué? ¿No crees que tienes el poder de competir? Me da la impresión de que te intimidan con facilidad las bravuconas soberbias como tu hermana egoísta y mi ex esposa –continuó con tono sombrío–. Las mujeres como ellas pueden distinguir a una flor encogida como tú a kilómetros de distancia y adoptarlas como fácil objetivo. Pero lo que de verdad me irrita es que se lo permitas. Crece, *agape mou* –aconsejó mientras se levantaba–. Muéstrate dura. Ahora estás conmigo y tengo fama de tener el listón muy alto en mi elección de mujeres.

–Pues debió de bajar cuando te casaste con Gianna –espetó crispada.

Para potenciar su furia, Leo soltó una risa seca.

–A todos se nos permite un error. Rico fue el tuyo, Gianna el mío, así que estamos empatados.

–¿Por qué no vas a hacer lo que tengas que hacer... y me dejas en paz? –musitó antes de darle un mordisco a su tostada.

Lo siguiente que supo fue que él había rodeado la mesa y se inclinaba para capturar su boca pegajosa por la mermelada.

–Mmmm, rico –murmuró al retirarse.

Luego, con paso arrogante y seguro, se dirigió a la pared de cristal, que se abrió para dejarlo pasar.

Natasha lo miró hasta que desapareció de su vista mientras por dentro echaba chispas. Se odió por perder la ecuanimidad en cuanto la tocó. Se dijo que no era justo que pudiera afectarla con tanta facilidad. ¡No lo era!

Posó la vista en el fajo de billetes que aún seguía sobre la mesa junto al teléfono. No era tan obtusa como para no haber reconocido la crítica a su ropa ni a su naturaleza poco competitiva, pero le había dolido oírlo con ese tono despectivo.

Su teléfono móvil comenzó a sonar cuando estaba sentada en el lujo aislado de una de las limusinas de Leo. Abrió el bolso, que Bernice también había encontrado esa mañana en una de las mesas de la terraza, sacó el aparato y con recelo miró la pantalla, esperando que fuera Cindy o Rico, pero no era ninguno de ellos.

–¿Cómo has conseguido mi número? –exigió.

–Lo robé –confesó Leo–. Escucha –continuó con energía–, me ha surgido una reunión extra e inesperada hoy, de modo que no me dará tiempo de pasar por casa para cambiarme antes de que salgamos. He arreglado con una amiga mía que te equipe con todo lo que puedas necesitar en cuestión de ropa. Se llama Perséfone Karides. Ahora mismo Rasmus te está llevando a su boutique. Muéstrate amable con ella, *agape mou* –advirtió con gentileza–. Confía en ella, porque tiene más sentido del estilo en su dedo meñique que cualquier otra persona que conozca.

Natasha respiró hondo.

–Eres muy ofensivo –dijo al soltar el aire–. ¿Siempre tienes que pensar con la boca?

Reinó el silencio mientras a ella le temblaba el labio inferior.

–Mis disculpas –murmuró Leo–. No era mi intención que mis palabras sonaran como una crítica hacia ti.

–Pues no lo has conseguido –cerró el teléfono y

volvió a guardarlo en el bolso. Casi de inmediato volvió a sonar, pero lo soslayó.

—Oh, santo cielo —exclamó Perséfone Karides en cuanto la vio—. Cuando Leo me comentó que eras diferente, ¡no imaginé que serías fabulosamente diferente!

Allí de pie con su feo traje de color crema, mirando a la hermosa mujer de cabello azabache, alta y esbelta como una modelo, que le sacaba media cabeza, Natasha tuvo que preguntarse si Leo le había pagado a Perséfone Karides para que hiciera ese comentario.

—Está desesperado por que no lo avergüence apareciendo en un saco, de modo que me ha enviado a verte a ti —respondió... con poca amabilidad.

—¿Bromeas? —rió Perséfone—. ¡A Leo le preocupa más su propio confort! Me instruyó que me decantara por algo modesto. Quiere una elegancia serena y refinada. ¡No desea que otros hombres se peleen por ver quién obtiene el mejor vistazo de tu escote! ¡Hacía tiempo que no me divertía tanto como al escuchar a un Leo Christakis, de todos los hombres posibles, celoso y posesivo, indicarme cómo quería que lo protegiera!

Natasha se ruborizó.

El hecho de que se atreviera a dar unas órdenes tan arrogantes bastó para que en sus ojos apareciera un destello de desafío.

Horas más tarde, Rasmus detenía el coche junto a un yate privado de aspecto fabuloso atracado en el puerto. Natasha se quedó boquiabierta porque lo último que había esperado era cenar en un restaurante situado en una embarcación de lujo.

—Es del jefe —le indicó Rasmus al apagar el motor del coche—. El yate era de su padre. Cuando decidió venderlo, el jefe se opuso. Su padre le permitió quedárselo siempre y cuando lograra sacarle beneficios.

—¿Cuántos años tenía? —preguntó con curiosidad.

—Diecinueve. Lo reacondicionó por completo y

luego lo puso en alquiler y el primer año ya empezó a dar beneficios –respondió Rasmus con inconfundible orgullo en la voz–. Hace dos años, cuando estaba preparado para otro lavado de cara, decidió que sus días de navegación se habían terminado y lo trajo aquí. Ahora es uno de los restaurantes más exclusivos de Atenas.

Mientras cruzaba la pasarela que conducía al barco, sintió un aleteo de nerviosismo en el estómago por la proximidad de su desafío, ayudada e instigada por una encantada Perséfone.

Lo vio apoyado contra un mamparo pintado de blanco mientras la esperaba. Natasha se detuvo cuando los zapatos de tacón alto tocaron la cubierta. Estaba arrebatador con un clásico esmoquin negro y pajarita de seda sobre una centelleante camisa blanca.

La incertidumbre chocó con el desafío mientras esperaba que él dijera algo... bien que mostrara su complacido triunfo por haberla manipulado a hacer lo que él quería o bien que revelara su desaprobación por el aspecto que había conseguido.

La recorrió con la vista desde el cabello rubio arreglado en bucles sedosos alrededor de su rostro y sus hombros desnudos, luego se centró en los pechos blancos coronados por una suave y tenue tela de crepe de color violeta que sostenían dos tiras finas que se unían en su nuca. El resto del vestido se amoldaba a cada curva de su figura y terminaba con recato en las rodillas... aunque no había nada remotamente recatado en el pliegue lateral que le proporcionaba a sus muslos esbeltos una forma sensual y llamativa.

Sabía que estaba sexy porque Perséfone se lo había dicho y, tal como había descubierto durante el largo día al cuidado de la mujer griega, ésta no era propensa a ofrecer cumplidos vacíos.

Y tal como le había advertido Perséfone, no se veía

a Leo contento. El ceño que mostraba le provocó un cosquilleo de triunfo en el estómago.

Entonces, y en silencio, atravesó el espacio que los separaba. La extensión de piel blanca que Natasha exhibía comenzó a hormiguearle a medida que él se acercaba. Se detuvo a unos centímetros de ella, le observó la boca sensualmente perfilada con un brillo de color rosa profundo y luego bajó aún más la vista al escueto armazón del vestido donde formaba un corazón perfecto sobre las generosas curvas de sus pechos.

Cuando volvió a mirarla a los ojos, Natasha dejó de respirar y casi de pensar. Luego, el instinto se activó y la llevó a alzar el mentón en abierto reto.

Leo deslizó las manos por la cintura prieta, la pegó contra él y luego le quitó el carmín con un beso muy ardiente y enérgico.

–Aléjate un centímetro de mi lado esta noche y te encontrarás flotando en el agua –aseveró mientras se separaba.

Ella respiró hondo.

–¿Te resulta imposible encontrar algo agradable que decirme?

Leo reconoció que tenía razón, pero si creía que no había notado lo satisfecha que estaba de haberlo irritado, entonces...

–Ven –suspiró, rindiéndose porque había recibido exactamente lo que había pedido–. Descubramos si podemos pasar una velada entera sin enfrascarnos en otra pelea.

Caminando junto a él con una de esas manos apoyada de manera posesiva en torno a su cintura, Natasha deseó saber si era el triunfo o la irritación lo que le provocaba descargas en la sangre. En cuanto entraron en el salón principal se encontró debatiéndose con una nueva serie de conflictos al convertirse en el centro instantáneo de atención de unas veinte miradas curiosas.

Se acercó un poco más a Leo y deslizó la mano por debajo de la chaqueta de él para agarrarle con nerviosismo la camisa. A él le gustó eso y respondió con una delicada caricia de su cintura. Con rapidez, la carga sensual que se había activado desde que se besaran por primera vez en la casa de él en Londres volvió a transmitirles un mensaje claro.

Comenzó a presentarla a sus invitados como «Natasha», nada más, porque añadir el apellido Moylens despertaría especulación acerca de Rico, ya que la mitad de los allí presentes figuraba en la lista a la que la madre de Rico había enviado invitaciones para la boda la semana anterior.

Pensar en Rico no hizo que se sintiera cómoda ahí. Empezó a molestarle que Leo la hubiera llevado entre esas personas. De hecho, estuvo segura de que en cuanto esa gente supiera quién era, dejaría de tratarla con respeto. Por el momento lo hacía sólo porque se hallaba con Leo Christakis.

La cena tuvo lugar en otro salón, dirigido por uno de los principales chefs de Atenas. Un amigo de Leo, sentado frente a ella, le informó:

–A Leo sólo le gusta lo mejor –le expuso Dion Angelis, sonriéndole al hombre en cuestión que ocupaba el sitio próximo a Natasha.

Dion Angelis tenía aproximadamente la edad de Leo e irradiaba el mismo aura de riqueza... de hecho, todos los presentes lo hacían. La mujer hermosa sentada a su lado era Marina, su esposa.

Esa noche Natasha había descubierto que las esposas griegas no hablaban con las amantes de otros hombres, al menos no en ese círculo. Y en ese instante descubrió la causa al ver a Dion Angelis dedicarle a ella una mirada pausada con los párpados entornados, de un modo cuyo significado ni ciega habría podido obviar.

Tensa, Natasha miró a Marina, quien se esforzaba

lo mejor que podía en ocultar su furia por el abierto interés de su marido... pero no antes de regalarle a ella una mirada de desdén. Luego posó sus ojos oscuros en Leo.

—Leonadis... anoche te esperó Gianna en el Boschetto. Se mostró muy alterada cuando no apareciste.

Era la primera vez que oía a alguien llamar a Leo por su nombre completo. Se reclinó en la silla y mantuvo la expresión impasible. Por el intento de Marina de ponerla en su sitio, dedujo que hasta las ex esposas estaban por encima de las amantes.

—Gianna ya ha manifestado sus objeciones —respondió Leo con suavidad—. Dion, sé tan amable de retirar tus ojos de los pechos de mi futura esposa...

Todas las conversaciones se detuvieron. En el rostro del sofisticado Dion apareció un tono apagado de rojo. Su esposa apretó los labios y posó sus asombrados ojos en Natasha, igual que los demás.

—Felicidades —murmuró alguien, provocando un efecto similar en los demás.

Mientras Natasha siguió mirando a Leo hasta que éste alzó la cabeza y le devolvió la mirada, desafiándola con sus serenos ojos negros a contradecirlo.

Estuvo a punto de hacerlo... lo tuvo en la punta de la lengua.

Con una fluidez que contradijo la velocidad y la fuerza empleadas, Leo le tomó la mano y apretó.

—No —advirtió con suavidad.

Natasha miró a Marina, la luz de la furia que la embargaba como una bruma azulada que apenas le permitía ver.

—Qué gratuitas son las relaciones de los demás, ¿no te parece? —comentó con sonrisa irónica—. Sólo espero que mi matrimonio con Leo tenga un final menos volátil que el de su primer matrimonio y que yo lo acepte con más... elegancia.

Entonces se puso de pie, sabiendo que había dejado bien claro lo que pensaba. Ya conocía a Gianna y que ésta aún perseguía a su hombre perdido. Y también sabía que Leo acababa de realizar ese anuncio porque el marido de Marina la había estado comiendo con la vista y porque Dion lo hacía porque era evidente que las amantes de otros hombres eran presas legítimas en esos círculos...

¿Y qué indicaba eso acerca del papel que ocupaba Marina en la vida de su marido?

También Leo se puso de pie, todavía sujetándola de la mano, lo que hizo que permaneciera a su lado.

—Disculpadnos —le dijo con sequedad a su audiencia hipnotizada—. Parece que Natasha y yo necesitamos cierta intimidad para hablar de su deseo de remitir nuestro matrimonio a los tribunales antes siquiera de que haya empezado.

La arrastró hacia la salida como si se tratara de una niña traviesa mientras a sus espaldas sonaban unas risas nerviosas.

—Tenías planeado en todo momento anunciarlo, ¿verdad? —acusó en cuanto Rasmus los encerró en el coche—. Fue el motivo por el que me trajiste ante ellos, el motivo por el que me enviaste a ver a Perséfone para asegurarte de que me presentaba adecuadamente vestida para representar mi papel.

—Tú elegiste tu propio estilo de maquillaje, Natasha —expuso sin un ápice de remordimiento por lo que acababa de hacer—. Recuerdo haberle advertido a Perséfone de que yo quería una elegancia serena.

Le dedicó una mirada incendiaria.

—¿Antes o después de desafiarme a exhibirla?

Un músculo en la mandíbula de él se contrajo.

—Cambié de parecer al respecto.

—¿Por qué? —demandó ella.

Leo soltó un suspiro irritado.

–¡Porque me siento más seguro cuando vas de reca-
tada!

El hecho de que lo estuviera reconociendo bastó
para cortar el aliento de Natasha.

–¿Por qué te sorprende? –inquirió él al ver su expresión–. Tu mística modesta fue lo primero que me
atrajo hacia ti. Y después de llegar a conocerte un poco
mejor, ahora comprendo que prefiero que permanezcas
misteriosa... para todos menos para mí.

–¡Eso es tan arrogante que incluso me cuesta creer
que hayas podido decirlo tú!

Él se encogió de hombros con indiferencia.

–Marina te atacó esta noche porque cree que sólo
eres mi amante actual. Ahora que sabe que mis intenciones son honorables, no volverá a atreverse a tratarte
de esa manera.

–Hasta que averigüe quién soy en realidad, entonces de nuevo verá a la mujer peligrosa... ¡la que deja a
un hermano para irse con el más rico!

–Bueno, eso elimina a Dion del cuadro –indicó Leo
con fría superioridad–. Y en cuanto a Marina, a partir
de ahora se asegurará de que él no desvíe la vista.

–Sigo sin casarme contigo –soltó Natasha–, de
modo que depende de ti ver cómo sales del lío en el
que tú solo te has metido.

Leo guardó silencio. Natasha miró al frente y el silencio se prolongó. Pero podía sentir sus ojos en ella.

Él permanecía en silencio porque estaba conside-
rando si decirle que jamás declaraba algo sin haber trazado de antemano una estrategia perfecta. Pero lo dejó
pasar. Podía esperar hasta que estuvieran cerca de la
cama.

–O sea, que sigues ofreciéndome sólo sexo.

–¡Sí! –insistió Natasha.

Y sólo comprendió que había caído en una trampa
cuando él murmuró:

–Bien, porque estás tan hermosa esta noche que anhelo quitarte el vestido.

Declaradas sus intenciones, Leo la dejó echando humo por el error estratégico que había cometido hasta que llegaron a la casa. Las puertas pesadas se abrieron. El coche se detuvo ante los escalones frontales. Los dos bajaron, dejando que Rasmus quitara el coche para que Natasha pudiera cruzar la distancia que la separaba de Leo. No intentó tocarla al subir los escalones y entrar en la casa. Dejó que la expectación creciera en ambos mientras atravesaban el vestíbulo en dirección al ascensor.

En cuanto llegaron a la intimidad de su planta, Leo abandonó la espera y alargó un brazo hacia ella... pero Natasha dio un rápido paso atrás.

–Dime por qué le has dicho a todo el mundo que íbamos a casarnos –insistió.

Lo irritó continuar con el tema.

–Porque un anuncio formal mañana aparecerá en todos los periódicos relevantes, así que no vi razón para el secretismo –respondió, viendo cómo esa boca deliciosa se abría atónita.

–¡Pero no podías hacer eso sin mi consentimiento!

–Pues lo hice –se marchó mientras con gesto impaciente se quitaba la pajarita.

Natasha perdió el hilo de la conversación cuando clavó la vista en la franja de piel bronceada visible en ese momento por encima de la pechera de la camisa.

–¿Quieres tocarme?

La pregunta con voz ronca hizo que entreabriera los labios trémulos.

Ni siquiera pudo negarlo con un movimiento de la cabeza.

–Entonces, ven aquí y tócame –fue una invitación suave.

Que tiró de ella como si estuviera atada a él por unos hilos invisibles. Ni siquiera se odió por ceder tan fácilmente, simplemente quería hacerlo, con una necesidad que le bloqueaba la mente y que la impulsó a subir los dedos para tocarlo. Leo la ayudó guiándolos hacia su pecho antes de sumergirla en el cálido y oscuro lujo del placer con el poder de su beso.

Le quitó el vestido tal como había prometido. Acarició cada curva satinada de su cuerpo como si almacenara cada detalle en la memoria y al final terminó por tumbarla sobre la cama.

—No debería dejar que me hicieras esto —gimió en un punto, cuando él hizo que sintiera como si por las venas le corriera calor líquido.

—¿Crees que yo siento menos que tú? —le tomó una mano y la posó sobre su corazón.

El resto de la noche se transformó en una serie larga, larga de horas de sexo lento. Si Natasha alguna vez se había llegado a preguntar si había hombres capaces de mantener las cumbres del placer tan a menudo, cuando al fin se quedaron dormidos supo que ya no tendría que volver a cuestionarse algo así.

Luego llegó una mañana brillante y azul como lo había sido el día anterior... sólo que en esa ocasión Leo la levantó sin rodeos de la cama y le enfundó el albornoz antes de arrastrarla hacia la terraza.

—¿Qué crees que estás haciendo? —su cerebro aturdido por el sueño aún no funcionaba con total lucidez.

No respondió. Ya no había rastro del hombre cálido y sensual que la había amado locamente la noche anterior, sólo un hombre frío, duro y enfadado que la obligó a ocupar una silla y con el dedo apuñaló el diario doblado sobre la mesa delante de ella.

Capítulo 8

NOVIA CALCULADORA ELIGE EL DINERO
POR ENCIMA DEL AMOR

En un desconcertante triángulo amoroso, Natasha Moyles, hermana de Cindy Moyles, la nueva sensación musical de la que habla todo el mundo, ha plantado al hombre con el que se suponía que iba a casarse en seis semanas para fugarse con su rico hermanastro griego, Leo Christakis, en un escándalo amoroso que deja al más pobre donjuán italiano, Rico Giannetti, solo y compuesto.

Cindy Moyles afirma que en ningún momento lo sospechó. «No tenía ni idea de que Natasha estaba viendo a Leo Christakis a espaldas de Rico. Estoy tan conmocionada como la que más», insistió hoy antes de reunirse con su nuevo equipo de gestión que está a punto de lanzar su carrera con un nuevo single, que se calcula que alcanzara el número uno nada más salir al mercado.

No hemos podido ponernos en contacto con Rico Giannetti para que realizara algún comentario. Se dice que la madre está muy afectada. El departamento de Relaciones Públicas de Christakis niega que exista algo impropio entre el magnate y la novia de su hermanastro. Sin embargo, la foto que reproducimos a continuación lo revela todo...

Había más, mucho más, pero los ojos de Natasha se habían clavado en la foto que la mostraba de pie en un apasionado abrazo con Leo en la terraza de esa misma casa. Estaba enroscada alrededor de él como un felino voraz. No existía la posibilidad de que alguien pudiera considerarlo un abrazo inocente.

—La belleza de los zooms poderosos —ironizó Leo.

Con rostro pálido, conmocionado y horrorizado, ella preguntó:

—Pero... ¿cómo averiguaron que me encontraba aquí contigo?

—Tu hermana —repuso con expresión sombría—. Aquí tienes un excelente ejemplo de limitación de daños. Es evidente que ha intervenido el nuevo equipo de Cindy. Debió recurrir directamente a ellos para contarles lo sucedido y decidieron tomar la iniciativa sacando primero su lado de la historia. Por suerte para Cindy, yo logré amordazar a Rico antes que ella, o tu querida hermana se habría arriesgado a quedar como la pequeña zorra manipuladora que en realidad es.

—No digas eso —se sentía sofocada por la fea imagen que pintaba. ¡La verdad ya era bastante mala, pero eso hacía que fuera mucho peor!

—Mira la prueba, Natasha —indicó con dureza—. Mira la publicidad gratuita que obtiene con esto. Incluso se han cerciorado de que apareciera el nombre de su nueva agencia.

Su tono enfadado le provocó un escalofrío.

—¿Hay algo que puedas hacer...?

—Muchas cosas —cortó—. Podría estrangular a tu hermana, pero sospecho que ya es demasiado tarde para eso. ¡O podría echarte y concederme la pequeña satisfacción de saber que me pintarán como a un canalla implacable que le ha robado la prometida a Rico por el placer de una aventura de dos noches! Que se me vea como alguien despiadado es bueno para mi imagen corporativa... lo demás me importa un bledo.

—O yo podría marcharme por decisión propia —espetó–. ¡Podría desempeñar el papel de verdadera zorra haciendo público que tuve a los dos hermanos y que ninguno valió la pena! –los ojos de Leo se oscurecieron de manera peligrosa. A Natasha no le importó–. Analízalo desde mi punto de vista –le sugirió con rigidez–. ¡La Señorita Fría y Remilgada no es tan fría y remilgada como le gusta pensar a la gente! Podría ganar una pequeña fortuna vendiendo mi historia... ¡la jugosa narración de las travesuras sexuales de un magnate multimillonario y de un pobre donjuán italiano!

–¿No valió la pena?

Se había quedado con la única parte de lo que ella había dicho que al parecer importaba.

–Te odio –musitó encogiéndose dentro del albornoz–. Esto siempre iba a ponerse desagradable. ¡Me subiste a una nube de reafirmaciones, pero si lo pienso bien, sólo necesitaste medio minuto una vez que me tuviste en tu casa de Londres antes de manifestar que me deseabas para ti mismo! ¿Qué clase de hombre le hace eso a una mujer que acababa de presenciar lo que yo presencié? ¿Qué clase de hombre la recoge y la lleva a la cama? ¿Qué clase de hombre, Leo –añadió con furia–, le hace una proposición a una mujer, que luego ejecuta, estando al tanto de que ella no se encuentra en posición de saber lo que hace?

–¿Qué clase de mujer se enamora de un inútil consentido como Rico y es demasiado ciega como para ver que él sigue acostándose con toda mujer que se pone en su camino?

Golpe por golpe, Leo llegaba más hondo que lo que ella podría conseguir jamás.

–¿Lo siguiente que vas a hacer es recordarme que Rico ni siquiera me deseaba?

–¿Para que puedas acusarme de aceptar sus descartes?

Natasha se puso de pie.

–¿Es así como me ves? –soltó mientras en su interior moría la noche llena de amor.

–No –afirmó con voz ronca–. No te veo así.

–Entonces, ¿por qué lo dices? –gritó–. ¿Piensas que me siento orgullosa del modo en que salté a la cama contigo? ¿Crees que no había conjeturado por mi propia cuenta que se me consideraría una buscona interesada por hacerlo?

–Entonces, ¿por qué lo hiciste?

Natasha respiró hondo.

–Porque tú me deseabas y yo necesitaba ser deseada –ni el diablo podría tentarla a decir que había perdido la razón nada más tocarse sus bocas–. Tú conseguiste lo que querías –se mofó con voz ronca–. Así que gracias, Leo, por tomarte tantas molestias en enseñarme que soy una mujer sexual normal. De verdad que lo aprecio.

–Ha sido un absoluto placer –musitó–. Pero, volviendo al problema original de la discusión, existe otra opción para mí que nos evitaría la humillación a ambos.

–¿Cuál? –no pudo contenerse.

Él rió con ironía.

–Una boda –dijo mientras recogía otro periódico y se adelantaba para ponerlo encima del anterior. En vez de un tabloide, se trataba de un respetado diario inglés doblado en la parte que les interesaba.

Era el anuncio de su próxima boda. Natasha lo había olvidado por completo. Con los labios apretados, se forzó a leer.

–Me alegra saber que mi instinto funcionaba bien cuando comuniqué eso a la prensa –indicó Leo.

–Con o sin esto, siempre pareceré una buscona interesada.

–A todo el mundo le encanta un romance apasionado, *agape mou*... siempre y cuando nos casemos y nos volvamos respetables. Eso convence a los indecisos de que no podemos vivir el uno sin el otro. Por supuesto –añadió–, tendrás que aceptar una cláusula de confidencialidad en el acuerdo prenupcial que vas a firmar en cuanto lo redacten mis abogados.

–¿Estabas al corriente del artículo aparecido en el tabloide anoche cuando cenábamos con tus amigos? –inquirió de repente, aunque en ese momento no tenía la capacidad emocional de entender por qué esa sospecha había entrado en su cerebro.

–Dio la casualidad de que algo había llegado a mis oídos –respondió él con serenidad.

Natasha volvió a reclinarse en la silla.

–Eres tan taimado y manipulador como Cindy –espetó con trémulo desagrado–. ¡Que Dios nos ayude a todos si alguna vez decidís formar equipo!

–Tu hermana no es mi tipo. *Tú* sí lo eres.

¿La ingenua que no miraba alrededor en los rincones para ver qué le ocultaban otros?

–Un matrimonio entre tú y yo jamás va a funcionar.

–¿Acaso he dicho que esperaba que funcionara? –preguntó, alzando los ojos.

Cuando la imagen de una maníaca Gianna pasó por su cerebro, Natasha empezó a comprender por qué la otra mujer se había vuelto casi loca. ¡Parecía que Leo no sabía cuándo guardar los cuchillos!

–El matrimonio con Rico empieza a resultar más atractivo por minutos –contraatacó con desdén–. Al menos él poseía cierto encanto que compensaba su lado bajo y furtivo, mientras que tú...

Él se levantó y se plantó ante ella antes de que pudiera soltar un grito sobresaltado.

–¿De verdad lo crees?

Vio chispas doradas en sus ojos y demasiado tarde recordó lo que transmitían. La última vez que las había visto lo acababa de acusar de estar celoso de Rico, y su reacción había sido...

–¡Bromeaba! –gritó cuando las manos de Leo le rodearon la cintura y la alzaron de la silla, pegándola a él–. Só... sólo bromeaba, Leo –repitió tartamudeando, obligada a pasarle los brazos por el cuello porque no tenía otro sitio donde ponerlos. Le mantuvo la mirada prisionera con el calor feroz de su siguiente intención, revelada al darle la vuelta y llevarla hacia el cristal curvo.

No dijo ni una palabra, lo que hizo que ese ejercicio de machismo resultara mucho más excitante. Simplemente, la tumbó en la cama mientras con facciones tensas deshacía los cinturones que mantenían unidos sus albornoces.

–Pero merecías oírlo –Natasha no resistió añadir más fuego a su furia–. Si... si reflexionas en ello, Leo, eres tan des... despiadado en conseguir lo que quieres como...

–Pronuncia otra vez su nombre si te atreves –jadeó.

Natasha tuvo el sentido común de bloquear su lengua. Se quedó quieta y dejó que separara los dos albornoces y esperó que se echara sobre ella.

Las pieles se fundieron en el mismo instante en que la boca de él se apoderaba de la de ella. Y como alguien con poco juicio, se entregó al beso con toda la excitación que bullía en su interior, hambrienta de él, codiciosa, rodeándole la cintura con las piernas con el fin de invitar una embestida plena.

La llenó y le encantó. Aún le mantenía los ojos prisioneros mientras se movía dentro de ella con el vaivén de las caderas. También eso le encantó. Tanto, que alzó la cabeza para tomarle la boca con breves y suaves besos de ánimo que lo hicieron gemir.

Nada en su muy breve experiencia le advirtió de que el clímax que estaba a punto de golpearla iba a sumirla en un trémulo estado de estática. O de que el hombre que lo creaba iba a temblar en sus brazos.

Cuando terminó, permaneció con la cara enterrada en el hueco de su cuello. El corazón le martilleaba y apenas podía respirar. Lo que acababa de tener lugar había sido tan febril y físico que permanecía aturdida por el poder del acto. Se hallaban tan entrelazados que los albornoces generaban un círculo propio de intimidad.

Cuando al final él levantó la cabeza para contemplarla, la profunda oscuridad de su mirada la dejó sin aliento.

—Fui rudo contigo —murmuró.

—No —alzó la mano para taparle la boca—. No digas eso —susurró—. Me... gustó —retiró la mano y le dio un beso delicado.

Un beso condujo a otros, los albornoces desaparecieron, y sin importar cuánta pasión desenfrenada los había vuelto a llevar a la cama, ese regreso por los sentidos fue pausado, profundo y de una intensidad asombrosa. La besó por todas partes y ajeno a la posible timidez que aún pudiera albergar Natasha. Ella a su vez lo besó, lo lamió, lo mordió y lo recorrió todo con las manos, absorbiendo cada escalofrío placentero de Leo mientras no dejaba de susurrar su nombre.

Luego, fue como si no estuviera pasando. Con una silenciosa sensación de unión fueron juntos a la ducha. Con su habitual voz profunda, Leo le enseñó a manejar los botones y diales, le entregó una pastilla de jabón y la animó a lavarlo, mientras él permanecía apoyado contra los azulejos con los ojos cerrados y la cara sin su habitual expresión de arrogancia.

Natasha supo que algo crucial se había alterado entre ellos, aunque no atinó a darle un nombre.

En algún punto durante todo ese intenso acto sexual, los dos habían bajado la guardia.

Siglos más tarde, Leo se vistió y se marchó al trabajo, y ella... bueno, Natasha regresó a la cama deshecha, se acurrucó en el lado que había ocupado él y susurró sobre la almohada:

—Lo amo.

Era de una sencillez aterradora. Se quedó dormida preguntándose cómo había podido dejar que sucediera... y qué diablos iba a hacer al respecto.

Esa noche volvió a llevarla a cenar. Natasha eligió un pequeño vestido negro que se deslizaba por sus curvas en vez de ceñirlas y moldearlas. Mientras Leo la observaba, con gesto distraído se frotó el puente de la nariz, gesto que ella ya le había visto hacer antes y que en ese instante percibió como un hábito cuando algo no era de su gusto... probablemente en esa ocasión el vestido escueto.

No obstante, no dijo nada. Tampoco comentó cómo había elegido recogerse el cabello, dejando el cuello y los hombros desnudos. Él lucía un traje gris casual de algodón y una camiseta negra que hacía que le entraran ganas de acariciarle el torso. La llevó a un lugar coqueto y selecto en las colinas, lejos de los habituales sitios turísticos.

Resultó embriagador ser el centro total de su atención.

Y el conocimiento que ya tenía de que lo amaba le provocaba un anhelo tan grande, que estuvo segura de que él sabría verlo en la cualidad ronca de su voz y en su lenguaje corporal. Mantuvo la atención de Leo con una suave y fluida conversación y con miradas tentadoras que ni siquiera había sabido que era capaz de ofrecer.

Leo estaba cautivado. Natasha se hallaba tan enfrascada en lo que sucedía entre ellos, que era ajena al hecho de haber trazado un círculo invisible alrededor de los dos. Gente que conocía se acercó a hablar con él. Ella apenas se percató. Apenas oyó las felicitaciones que les ofrecieron o las miradas de curiosidad que les dedicaron.

Resultaba embriagador saber que esa criatura hermosa y tentadora se revelaba sólo a él. Con los demás, sus respuestas eran ecuánimes y corteses, pero distantes como las de la antigua Natasha. Rico no tenía ni idea de lo que se había perdido.

Rico. La miró y se preguntó cuán a menudo aparecía en la mente de Natasha el nombre de su hermanastro. ¿Preferiría estar cenando en ese momento con Rico? Cuando lo miraba de esa manera, ¿deseaba en secreto que su cara fuera la de Rico?

Tenso, se levantó súbitamente y la puso de pie.

—Vámonos —dijo.

Necesitaba estar a solas con ella... en su cama.

—¿Qué sucede? —le preguntó mientras Rasmus los conducía de vuelta colina abajo.

Leo ni siquiera giró la cabeza para mirarla. Natasha casi podía sentir físicamente la tensión que lo atenazaba.

—Vas a casarte conmigo, lo quieras o no —anunció con frialdad.

Los envolvió el silencio, incrementando la tensión de Leo, mientras esperaba la habitual negativa. Cuando ella no replicó, giró la cabeza y la vio con la vista clavada al frente. Todo en Natasha era serenidad y quietud.

—¿Has oído lo que he dicho?

Con un mohín vulnerable de los labios, ella asintió.

—Entonces, respóndeme —pidió impaciente.

—No era consciente de que me hubieras formulado una pregunta —contestó con sequedad—. Sonó más bien a una declaración de intenciones.

–Que aún requerirá un *sí* cuando te ponga delante del sacerdote.

«Así es», pensó ella con sonrisa irónica. El día anterior Leo había realizado ese chocante anuncio ante sus amigos y esa mañana lo había rematado con la versión impresa, que le había lanzado como un desafío antes de informarle con frialdad que no esperaba que el matrimonio entre ellos durara. Luego la había llevado de vuelta a la cama y la había seducido hasta lograr que se enamorara de él. Le había hecho el amor toda la noche. Y en ese instante volvía el hombre duro con un ultimátum matrimonial.

–Mírame, Natasha –ordenó con seriedad.

No quería mirarlo... pero giró la cabeza. Fue como ahogarse en los sentimientos que acababa de descubrir. Todo acerca de él había adquirido una importancia tan abrumadora en un espacio de tiempo tan corto, que nunca en la vida se había sentido más desvalida.

–Cásate conmigo –repitió con voz queda.

–¿Para ayudarte a salvar tu dignidad?

–No. Porque deseo que lo hagas.

Fue como el último clavo en el ataúd de su resistencia... no sólo por las palabras, sino por el tono con que las había pronunciado, que representó una débil inyección de esperanza.

–De acuerdo..., sí.

Frustrado, Leo reconoció que tendría que vivir con esas palabras... eran las únicas que iba a recibir. Pero después, cuando se acostaron, la castigó por ello.

Poseyó su cuerpo y obsesionó sus sentidos, y Natasha lo dejó. Tuvo que hacerlo, ya que una vez rendida a esa guerra del matrimonio, descubrió que no tenía ningún control con el que oponerse a él en cualquier otra cosa.

Y si eso era amor verdadero, entonces le causaba un dolor enorme, porque sin importar lo profundamente que sabía que afectaba a Leo, también sabía que el sexo devastador que tenían era tan profundo como él lo sentía.

Sin embargo, rara vez dejó que abandonara su lado durante el siguiente par de semanas hasta la boda. La llevaba con él allí adonde iba... a veces incluso a su oficina, donde permanecería junto a la ventana o sentada mientras él dirigía su imperio con el tono resonante de su voz.

La gente llegó a conocerlos tan rápidamente como pareja que no le sorprendió que a los pocos días se hablara de ellos en la prensa amarilla de Atenas.

No hubo noticias de Rico. Natasha no pudo encontrar ninguna fotografía de él en ningún periódico y nadie había logrado contactar con él para conseguir algún comentario acerca del compromiso roto. Parecía haber desaparecido de la faz de la tierra.

Justo dos semanas después del día en que había entrado en el avión privado de Leo, se casó con él en una tranquila ceremonia civil que tuvo lugar en un lugar secreto y muy protegido. Natasha fue de blanco... por insistencia de Leo. Un vestido de seda francesa con los hombros al aire que Perséfone le había encontrado. Cuando estuvo junto a él mientras pronunciaban los votos, lo vio tanto como el novio alto y sombrío que había imaginado en un principio, que se desanimó y estuvo a punto de cambiar de parecer.

El anuncio de su boda apareció el los diarios del día siguiente. Por entonces ya se hallaban en Nueva York. Se lo llamaba luna de miel, pero en realidad resultó ser el comienzo de una gira de negocios de Leo, que los llevó alrededor del mundo. Natasha aprendió a su lado los rituales de la vida de la alta sociedad, al tiempo que en la intimidad del dormitorio, sin importar el país en el que se encontraran, desempeñaba el papel de amante de un hombre con un deseo apasionado e insaciable por ella.

Cuando dos semanas más tarde aterrizaron en suelo griego, era una mujer tan distinta que apenas podía recordar cómo había sido antes.

Pero, por encima de eso, se había permitido olvidar las causas verdaderas para haberse embarcado en ese matrimonio.

Recibió su primer recordatorio brusco al cruzar el aeropuerto y pasar ante un puesto de revistas. Vio la cara y el nombre de Cindy en casi todas las portadas, celebrando su primer número uno en las listas británicas.

–Así que recibió su máximo deseo –comentó Leo con ironía.

–Sí –respondió Natasha, observando el cambio obrado en Cindy, a la que se veía como una rubia hermosa y juvenil de ojos azules, sin atisbo alguno de su antigua ansiedad y petulancia.

Su hermanastra había adoptado un personaje diferente... igual que había hecho ella. Aunque jamás llegaría a averiguar si era profundo o superficial, ya que en ese momento Cindy sólo formaba parte de su pasado.

El siguiente recordatorio de lo que había dejado en Inglaterra lo encontró entre las numerosas tarjetas de felicitación que los esperaban en la casa. Era de sus padres, con una breve nota escrita con la caligrafía de su madre.

Te deseamos toda la felicidad en tu matrimonio.

Era todo lo que ponía. Ninguna palabra cariñosa, ninguna señal de que alguna vez había sido su hija.

–Quizá saben que te trataron mal y no saben cómo reconocerlo –sugirió Leo.

–Y quizá se sienten aliviados de ponerle fin a un error de veinticuatro años –giró el sobre y frunció el ceño–. Me pregunto cómo consiguieron esta dirección.

–Angelina –respondió él–. Han estado... manteniendo el contacto.

Lo miró curiosa.

–¿Y tú lo sabías pero no me lo contaste?

–¿Qué había que contar? –se encogió de hombros–. Angelina necesitaba asegurarse de que Cindy no sometía al escarnio en la prensa a su hijo. Y tus padres necesitaban asegurarse de que un Rico amargado y vengativo no le hiciera lo mismo a Cindy.

–¿Quieres decir que Cindy le tendió una trampa?

–Da igual quién dio el primer paso, *agape mou*, sucedió.

Ése era Leo en su faceta más pragmática.

Natasha guardó la tarjeta en el sobre y no volvió a mirarla.

Pasó otra semana y Leo permaneció ocupado con una absorción en la que había estado trabajando mientras viajaban por el mundo. De vuelta en Atenas, le dedicó todo el tiempo, hasta el punto de que algunas noches no iba a casa por haber tenido que viajar a un lugar u otro para celebrar reuniones.

El hecho de que en esas ocasiones no la llevara con él no le preocupaba. Tenía otras cosas en las que pensar. Quizá hubiera dejado que Leo pagara por todas las cosas caras y de marca que en ese momento llevaba con indiferencia, pero ella se ocupaba de todo lo demás. Razón por la que sus ahorros habían encogido tanto que necesitaba un trabajo.

Cualquier cosa le valía, no era selectiva. Aunque no tardó en descubrir que sin un mínimo dominio del griego sus posibilidades se veían reducidas. De modo que empezó a recorrer las zonas turísticas con la esperanza de que a alguien le atrajera la idea de contratar a una inglesa inteligente y de voz agradable.

Leo lo averiguó. Tuvieron la primera discusión importante en semanas. Mostró el descaro de prohibirle a *su* esposa que trabajara en un puesto tan servil como una tienda para turistas. Dijo que le aumentaría la asignación si andaba tan necesitada de efectivo.

–¿Es que crees que no sé que ya te debo bastante dinero como para permitir que me entregues más?

Decirlo en voz alta de esa manera los golpeó con una fuerza que no habían esperado. En una semana se habría casado con Rico. En una corta semana podría disponer de acceso al dinero guardado en una cuenta en ultramar.

Leo la miró con frialdad, luego giró en redondo y se marchó.

A partir de ese momento comenzó el lento descenso a la realidad. Los días siguientes vivieron en un estado de combate no armado, en el que Leo se dejó ver poco y Natasha buscó trabajo con la férrea determinación de no permitir que él dictara su manera de actuar.

Tuvo que ser el momento de peor suerte del mundo cuando literalmente se topó con la ex esposa de Leo, Gianna, en el momento en que ella salía de una tienda, todavía sin trabajo, agobiada por el calor de julio, cansada y sintiéndose desgraciada. Aunque el modo en que Gianna la sujetó por el brazo, impidiéndole seguir su camino, hizo que se cuestionara si no se trataba de un encuentro planeado.

–Quiero hablar contigo –le espetó.

–Creo que no –Natasha trató de continuar andando, pero las uñas se clavaron más en su brazo.

–¡Leo es mío! –exclamó–. Crees que lo has atrapado con ese anillo en el dedo, pero no es así. Crees que eres el antídoto perfecto para mí, ¡pero Leo siempre ha sido mío y siempre lo será!

–No parece que nadie lo note –respondió Natasha, negándose a verse sacudida por el veneno que irradiaba la voz de Gianna–. Como tú has dicho, soy yo quien ahora lleva su anillo. *Yo* me acuesto en su cama. ¡Y *no* voy entregándome a sus amigos!

Ni siquiera ella pudo creer lo que había dicho. La otra respondió con una risa que armonizó con la expresión de frenesí histérico en sus ojos. Le soltó el brazo y durante un instante Natasha pensó que le arañaría la cara.

–Pequeña idiota –soltó con desdén–. ¿Dónde crees que pasa las noches cuando no está contigo?

–Eso es mentira –no le dio espacio a esas palabras para que extendieran su veneno y miró a Gianna con conmiseración–. Busca ayuda, Gianna –aconsejó con frialdad–. La necesitas con desesperación.

Desapareció entre la multitud y enfadada se negó a frotarse el brazo donde la otra le había clavado las uñas.

Leo la estaba esperando cuando llegó a la casa. No dijo una palabra, pero tomó posesión de su brazo y lo giró para inspeccionar las intensas marcas rojas grabadas en la fina piel blanca.

–¿Cómo te has enterado? –preguntó ella mientras observaba cómo le acariciaba ligeramente las marcas.

–¿Importa?

–No –suspiró, aunque imaginó que la tendría vigilada–. Creo que está loca perdida y en realidad me inspira pena.

–No –aconsejó–. Créeme, es peligroso sentir pena por Gianna.

–Gracias por la advertencia –recuperó su brazo–. Ahora que has comprobado que no me estoy desangrando, ya puedes volver al trabajo.

Fue el modo de decirlo lo que hizo que a Leo le sonara familiar. Dio un paso atrás para estudiarla. Ella no lo miraba. Y si últimamente se había preguntado si la antigua Natasha había desaparecido para siempre, con ese comentario frío le hizo ver su equivocación.

Suspiró.

—¿Quieres entablar otra discusión? —inquirió con suavidad.

—No —le dio la espalda como si pretendiera marcharse.

—¿Quieres venir a la cama conmigo, entonces, y pasar la tarde demostrándome cuánto desearías que no tuviera que volar a París esta noche?

—¿París? —lo miró—. ¡Pero si ayer mismo regresaste de allí!

—Y esta noche tengo que volver —se encogió de hombros.

Natasha cruzó los brazos.

—¿Por eso estás aquí a estas horas... para preparar una bolsa de viaje?

—En realidad, pensaba en algo diferente —como un felino hambriento, eliminó la distancia que los separaba—. Tengo una botella de champán en hielo, sin copas, y diversas formas nuevas de disfrutarlo, si te interesa, claro...

Natasha no pudo evitarlo y rió.

—Eres asombroso...

—Te encanta que lo sea —le tomó las muñecas y con gentileza le separó los brazos—. Es lo que hace que cedas con tanta facilidad cuando hago esto...

Y cedió. Lo dejó poseerle la boca y llevarla a la cama y lo dejó pasar la tarde asombrándola, porque lo deseaba y había echado de menos hacer el amor con él y...

Y una parte de ella dejaba que le hiciera eso porque el comentario envenenado de Gianna hacía que quisiera enviarlo a París completamente saciado, para que no necesitara buscar en otra parte.

Permanecieron escondidos en el dormitorio toda la tarde y Natasha pudo ver que llegado el momento él no deseó marcharse.

—¿Me harías un gran favor y te tomarías el día de mañana libre de buscar trabajo? —solicitó. El mohín obstinado de ella fue el comienzo de una negativa que desterró con un beso—. ¿Por favor? —añadió cuando alzó la cabeza.

—Dame un buen motivo para ello —negoció mientras las yemas de sus dedos le acariciaban la cara suave y afeitada.

Pensó si debía recordarle que el día siguiente era el día en que se habría casado con Rico. Y supo que lo último que quería era dejarla en su cama pensando en su hermanastro y no en él.

—Porque volveré al mediodía con una sorpresa para ti... —le tomó los dedos que lo estaban acariciando y se los besó— pero sólo si me estás esperando aquí cuando regrese.

—Ah. El chantaje encaja mucho mejor con tu estilo. Más vale que sea una buena sorpresa, entonces.

Leo sonrió al incorporarse, pero su mirada se demoró en Natasha, tendida en la cama. En la plenitud de sus pechos blancos, con los tentadores centros rosados, y en la mata de rizos de un rubio oscuro que delineaba la unión en forma de corazón de sus esbeltos y suaves muslos.

En un impulso, volvió a inclinarse y posó un beso en esa mata al tiempo que sacaba la lengua, reclamándola y provocándole uno de esos deliciosos escalofríos de placer.

—Nos vemos mañana —murmuró, y abandonó el dormitorio antes de cambiar de idea acerca de irse, llevándose consigo la certeza de que esa mujer sólo pensaría en él hasta que volvieran a reunirse.

Natasha durmió mal porque lo echó de menos a su

lado. A la mañana siguiente despertó con dolor de cabeza y decidió tomarse el día libre, tal como quería Leo. Con una sonrisa pensó que eso lo iba a satisfacer.

Mientras desayunaba sola comenzó a sonar su teléfono móvil. Estaba tan segura de que iba a ser Leo, que contestó sin comprobar primero quién era.

Se quedó atónita al oír la voz de Cindy.

Capítulo 9

QUÉ QUIERES? –demandó Natasha con frialdad.

Oyó el suspiro de alivio de su hermana.

–No estaba segura de que aún usaras este número de móvil –explicó Cindy.

Natasha no dijo nada y dejó que el silencio se extendiera.

–De acuerdo, no quieres hablar conmigo –reconoció Cindy–. Pero yo necesito hablar contigo, Natasha, sobre... sobre nuestros padres.

–¿Qué... les pasa? –preguntó.

–Nada... *todo* –Cindy volvió a suspirar–. Escucha... estoy en Atenas. Vine esta mañana sin decírselo a nadie y he de regresar a Londres por la tarde antes de que se me eche en falta. ¿Te reunirás conmigo para... hablar de ellos? Créeme, Tasha, es importante o yo no estaría aquí.

Lo que le informaba de que Cindy deseaba tanto como ella ese contacto. Pero si había realizado ese vuelo para verla, entonces lo que tuviera que decirle debía de ser serio.

Sus padres... esa debilidad llamada amor, le estrujó el corazón.

–De acuerdo –concedió–. ¿Quieres venir aquí para que podamos...?

–Santo cielo, no. No tengo ningún deseo de encontrarme con Leo, gracias. Me pone los pelos de punta.

–No está.

–Pero no pienso correr el riesgo. En el aeropuerto contraté una limusina. Dime el sitio que quieras que no sea tu casa y le indicaré al chófer que me lleve allí.

Natasha miró la hora, luego mencionó una cafetería en la Plaza Koloniki y oyó a Cindy consultar con el chófer antes de responder:

–De acuerdo. Podemos estar allí en una hora.

No se le ocurrió cuestionar el plural empleado, ni que su hermana, que únicamente pensaba en sí misma, viajara desde Inglaterra para hablar de sus padres cuando habría sido mucho más rápido y fácil hacerlo por teléfono. Sólo cuando una limusina se detuvo en la plaza y un hombre bajó del vehículo en vez de Cindy comprendió que había dejado que la engañaran.

La curiosidad hizo que se quedara quieta mientras observaba a Rico detenerse para mirar alrededor, oculto detrás de unas gafas de sol, e inspeccionar todo el lugar antes de continuar hacia ella.

Con un traje de marca, claro e informal, y una simple camiseta blanca, parecía el de siempre. El cabello negro le brillaba bajo el sol y no hubo una sola mujer que no se volviera para mirarlo.

Pero a pesar de su innegable atractivo, en ese momento para ella no era más que un extraño.

Al llegar a su mesa, Natasha se reclinó en la silla y esperó que se sentara.

–¿Todavía me odias, *cara*? –fue lo primero que dijo.

–¿Cindy no se va a unir a nosotros? –preguntó ella.

–No –sentándose, vio a un hombre próximo a ellos que hablaba por teléfono.

–Yo diría que dispones de unos cinco minutos para decir lo que has venido a decir –le confirmó ella.

Volvió a centrarse en ella, se quitó las gafas y algo extraño apareció en las profundidades marrones de sus ojos.

–Estás distinta –murmuró–. Ese vestido te sienta bien.

–Gracias.

–Creo que debería...

–Ve directo al grano –le sugirió–. Ya que ninguno de los dos quiere ver aparecer a Leo en su desfile de tres coches.

Rico hizo una mueca, entendiendo muy bien a qué se refería. Metió una mano en el bolsillo interior de la chaqueta y extrajo unos documentos doblados.

–Sólo necesito que firmes esto, Natasha, luego me largaré.

Depositó los papeles delante de ella, seguidos de una pluma. Natasha comprendió de inmediato lo que quería que rubricara.

Lo miró.

–¿Querrías explicarme por qué crees que debería firmarlos?

–Porque el dinero no te pertenece –replicó con absoluta veracidad–. Lo quiero ahora que ya está accesible.

Natasha comprendió que no sabía que ella cstaba al corriente de la procedencia del dinero. Leo no podía habérselo contado, lo cual hizo que se preguntara por qué no y qué debería hacer ella a continuación.

Miró hacia cl lugar donde se hallaba aparcada la limusina plateada con los cristales tintados.

–¿Convenciste a Cindy de organizar esta reunión amenazándola con dar a la prensa la verdadera historia de su relación contigo?

Rico se encogió de hombros.

–Yo lo perdí todo mientras ella lo ganó todo. ¿Te parece justo? Tu hermana consiguió su contrato discográfico y su número uno de ventas. Yo logré que se rieran de mí por perder a mi mujer con mi importante hermano.

–Jamás fui tuya en el verdadero sentido de la palabra, Rico –le recordó.

Él soslayó el comentario.

–Leo me dejó sin trabajo sin darme ninguna referencia y de repente soy una persona no grata en todos los círculos sociales que cuentan. Hasta a mi propia madre no le caigo bien ahora y tú estás ahí sentada con pinta de un millón de dólares porque a Leo le gusta que sus mujeres parezcan dignas de la posición que él ostenta –con un movimiento elegante de la mano, dejó su teléfono móvil plateado sobre la mesa–. Echa un vistazo.

Natasha bajó la vista al aparato. No quería recogerlo. No quería mirar. Una sensación helada comenzó a paralizarle los músculos del corazón. Sabía que el comentario de Rico no sería gratuito.

Hasta sintió los dedos helados cuando terminó por moverlos hacia el teléfono y apretó la tecla que iluminaría la pantalla. Leo aparecía con claridad digital con la hermosa Gianna pegada a su pecho. Se encontraba en el exterior de lo que parecía un hotel.

–Leo, por favor –oyó la voz de súplica de Gianna con claridad–. ¡Ella no tiene por qué saberlo!

Vio a Leo sonreír y pasar un dedo por el exuberante contorno rojo de la boca de Gianna.

–De acuerdo –se inclinó para besar esa boca–. Iré contigo.

Luego subieron los escalones y entraron en el hotel.

–París –respondió Rico a la pregunta no formulada por Natasha–. Para ser exactos, anoche. Si quieres, puedes comprobar la fecha y la hora –indicó el aparato–. Esperé dos horas para verlos salir, pero no aparecieron. Dime, *cara*, ¿qué crees que estaban haciendo durante esas dos horas?

Natasha recordaba otra escena, semanas atrás, cuando había estado en la entrada del despacho de

Rico contemplando *su* traición. En ese caso era el teléfono de Rico el que formaba la entrada desde la cual observaba esa nueva traición.

Sin decir una palabra, dejó el móvil y tomó la pluma.

Plasmó su nombre en el documento, luego se puso de pie y se marchó.

De haber mirado atrás, habría visto a un hombre deteniéndose junto a la silla de Rico... pero no lo hizo. Ni siquiera giró la cabeza al pasar delante de la limusina plateada.

Leo llegó a casa cuando ella preparaba la bolsa de viaje. Atravesó la puerta del dormitorio como una bala, con un mar candente de furia atrapado en su interior.

–¿Qué diablos estabas haciendo con Rico? –soltó.

Natasha no contestó; simplemente, continuó centrada en su equipaje.

–¡Te he hecho una pregunta! –llegó a su lado y la agarró del brazo para hacerla girar–. Si piensas que me vas a dejar por él, será mejor que cambies de idea –espetó.

Natasha sólo sonrió.

La sonrisa fue como una bofetada para Leo.

–Zorra –la soltó y se apartó de ella–. No puedo creer que seas capaz de hacerme esto a mí.

–¿Por qué no? –habló Natasha al final... decidida a no contarle nada de lo que sabía sobre Gianna y él. ¡Que viviera en propia carne lo que era que le aplastaran el orgullo!

–Le firmaste el documento que le entregaba el dinero.

–Sí, ¿verdad? –confirmó con suavidad–. ¿Vas a ir a informar de ello a la policía?

Él tensó los hombros.

–Eres mi esposa.

–Así es.

El tono de ella hizo que le clavara la vista.

–¿Qué diablos se supone que significa eso?

Natasha se encogió de hombros.

–Nuestro matrimonio fue una especie de chantaje que empleaste para poner en vereda a Gianna, así que no creo que signifique mucho más.

–No cambies de tema. Gianna no tiene nada que ver con esto.

–¡Tiene todo que ver! –exclamó, luego respiró hondo y volvió a serenarse porque estaba a punto de revelarle lo que había visto y no quería hacerlo. ¡No quería que jamás descubriera lo mucho que la había herido ese día!–. Por si lo has olvidado, yo estaba allí. Hasta que ella apareció, no fui más que una ladrona que te llevabas a la cama para disfrutarla durante seis semanas hasta recuperar tu preciado dinero. ¡El matrimonio se te ocurrió como uno de esos comentarios sarcásticos dirigido a castigar a tu necia esposa por irrumpir mientras te hallabas ocupado conmigo!

–Eso no es verdad.

–Lo es –insistió–. ¿Qué fue lo que me dijiste antes de marcharnos de Londres, Leo? ¿Que estaría seis semanas manteniéndote contento en la cama hasta que tuviera acceso al dinero, y que luego podría largarme? Bueno, pues las seis semanas han pasado. He tenido acceso al dinero y ahora me largo.

Volvió a centrarse en el equipaje. Él estuvo a su lado antes de que pudiera tocar la correa. No le dio tiempo a protestar cuando la giró para que lo mirara. Nunca había visto sus ojos tan duros. Incluso temblaba al sujetarla.

–¿Para volver con él? –soltó.

–Bueno, tú mejor que nadie debes de saber lo que se dice sobre el diablo que ya se conoce.

Se refería a Gianna y él lo sabía. Sus ojos emitieron un cegador destello de comprensión.

—Sabes lo de París.

—Te odio, Leo —soltó con amargura—. Eres un diablo frío, duro y calculador. A pesar de todos sus defectos, ¡Rico es mejor que diez como tú!

—¿Eso crees?

—¡Lo sé! —intentó soltarse.

Los dedos de él se cerraron con más fuerza.

—Saluda a este diablo, entonces —espetó, luego su boca cayó sobre la de ella como un golpe demoledor.

Con anterioridad ya se habían besado con furia y convertido todo el proceso en una pelea gloriosa, pero eso fue distinto. Natasha no quería que sucediera, pero su cuerpo no escuchaba. Lo odiaba con cada átomo de su ser, pero un simple contacto de Leo la encendía como una antorcha. Se ocupó de su fino vestido con el simple método de arrancar la cremallera de la espalda y de inmediato cayó al suelo.

—¡Suéltame! —exclamó.

—Cuando dejes de desearme tan desesperadamente —replicó.

¡Entonces la besó, la acarició y la incitó a rechazar lo que sabía que no podía! Le quitó la ropa y la excitó con sombría determinación que la tuvo gimiendo contra su boca posesiva. Y cuando eso no le bastó, la alzó contra él, a horcajadas sobre sus caderas mientras continuaba con la posesión de la boca.

Lo siguiente que supo fue que la tiraba sobre la cama mientras él se quitaba la ropa. Una vez que se deshizo de las últimas prendas, fue como una amenaza que dominó por completo cada uno de sus pensamientos y sentidos, y un temor hormigueante la envolvió con una excitación crepitante.

—Leo... por favor... —suplicó en una llamada a la cordura.

–Leo... por favor –imitó–. No tienes ni idea de lo que me provoca cuando haces eso.

Luego se situó sobre ella y con un movimiento controlado de fuerza le separó los muslos.

–Asegúrate de contarle esto a Rico –musitó.

Lo que tuvo lugar a continuación la sumió en una agonía de placer. Se movió, gimió, sollozó y tembló y él no dejó de hacerlo, manteniéndola equilibrada al borde de la histeria y clamando por la desesperada necesidad de liberación. Cuando decidió que había llegado el momento de que se unieran, la primera embestida la impulsó a gritar de alivio. Luego la alzó y le echó la cabeza atrás para poder devorarle la boca mientras la poseía de esa manera. El centelleo de furia en sus ojos se mezclaba con un deseo ardiente y urgente que los lanzó a ambos hacia la cima de un orgasmo estremecedor.

Toda la seducción salvaje con su absoluta pérdida de control apenas había durado unos breves y vertiginosos minutos, pero cuando terminó, Natasha se sintió vacía de toda energía, carente incluso de la fuerza para moverse.

Leo no. Con un gruñido de desdén, se retiró de ella y se levantó de la cama. El modo en que recogió su ropa, la dejó allí tumbada y salió de la habitación, le provocó una oleada de desdén por sí misma.

Se quedó allí mucho tiempo, tratando de reconciliarse con lo que había pasado. Se odió por caer tan fácilmente. Se despreció por fomentarlo. Cuando pudo encontrar la fuerza para moverse, se levantó de la cama, se vistió con lo primero que vio y volvió a hacer la bolsa sólo con la ropa que había llevado a Grecia.

Luego se marchó. Nadie intentó impedírselo. No se molestó en llamar un taxi antes de bajar por el sendero hacia las puertas de la propiedad. El guardia allí apostado no dijo nada; simplemente las abrió y la dejó salir a la calle.

Leo se hallaba delante del cristal curvo y la observó. Vio que ni siquiera se había detenido el tiempo suficiente para arreglarse el cabello y que llevaba ese condenado traje azul claro.

Le dio la espalda a la ventana mientras la amargura y la agonía le atenazaban la garganta. Desvió la vista a la maraña de sábanas de la cama.

Entonces vio el sobre en la almohada. Al acercarse distinguió que ponía «Leo» y sintió un temblor interior al recogerlo.

Detuvo un taxi que pasaba y a los pocos minutos iba rumbo al aeropuerto sin permitirse mirar atrás.

El aeropuerto estaba lleno. Descubrió que intentar conseguir un asiento para volver a Inglaterra era imposible.

—Sólo puede esperar que se produzca una cancelación, *kyria* Christakis —le informó el operario del mostrador—. De lo contrario, en los próximos dos días no hay una sola plaza vacante.

—¿Y... y a otro aeropuerto? —la voz empezaba a temblarle. Sintió que una burbuja de histeria quería salir por su garganta—. A Manchester... quizá, o a Glasgow. La verdad es que no me importa dónde aterrice mientras sea en suelo británico.

En ese momento una mano se posó en su hombro y experimentó un sobresalto de pánico al pensar que era la policía.

Entonces oyó la voz.

—Eso no será necesario.

Capítulo 10

LA MANO de Leo se convirtió en un brazo alrededor de sus hombros que contuvo sus temblores.

En pocos segundos quedó envuelta por su estatura, su fortaleza y su sombría determinación mientras hablaba en griego con el operario al tiempo que Rasmus aparecía al lado para recoger con calma la bolsa.

–No... –intentó detenerlo–. No quiero...

–No montes una escena, *agape mou* –murmuró Leo–. La prensa nos está observando.

De pronto se vio rodeada por sus hombres de seguridad. Antes de que pudiera comprender lo que sucedía, la condujeron por el aeropuerto como una excavadora humana, sin poder ver hacia dónde iban al tiempo que el brazo de Leo la retenía pegada a él.

Las puertas se abrieron para ellos como por arte de magia. Después de haber pensado que la llevaba de vuelta al apartamento, la sorprendió caminar por la pista hacia lo que parecía un helicóptero por el fugaz vistazo que obtuvo de los rotores ya en marcha.

Estalló el pánico.

–¡No pienso subirme ahí contigo! –se detuvo, obligando a los hombres a no chocar con ella.

Soltándose, giró en redondo. Leo dio una orden que hizo que los hombres fornidos se dispersaran. La alzó en brazos y completó el resto de la distancia que los separaba del helicóptero.

Asustada, Natasha metió la cabeza en su hombro y

no volvió a alzarla hasta que Leo la depositó en un asiento. En cuanto la soltó, le lanzó los puños.

Él decidió no notarlo y le abrochó el cinturón de seguridad.

—Te odio —no paraba de decir ella—. ¡Te odio!

—Guárdatelo para después —repuso.

Ella jamás le había visto una expresión más dura.

—Pero ¿por qué haces esto?

No contestó, simplemente retrocedió para dejar que seis hombres entraran en el helicóptero y se sentaran como ratas con trajes negros en los asientos que había delante y detrás de ella.

Natasha cerró los ojos y se afanó en no dejar que el pánico que la inundaba creciera aún más.

Leo se atrevió a mirarla a través del espejo situado encima de los controles de la cabina. Tenía los ojos cerrados con fuerza, los labios entreabiertos y estaba trémula y pálida. Todo le recordaba la última vez que casi la había secuestrado de esa manera... salvo por el cabello, libre y revoloteando en torno a su cara blanca y hermosa... ¡*hermosa*!

Sintió un nudo en el estómago y tuvo que dejar de mirarla.

No tardaron mucho en llegar a su destino. Aterrizaron cuando el sol proyectaba una cálida luz rojiza dorada. Nada más tocar tierra, vio que Natasha se debatía con el cinturón de seguridad...

Se dijo que tal vez debería dejarla escapar, porque sabía que en ese momento él no se encontraba en un estado mental apropiado para su propia seguridad.

Rasmus le soltó el cinturón de seguridad porque no parecía que ella pudiera. También la ayudó a pisar suelo firme con una gentileza inusual para un hombre tan duro.

Después de ayudarla, le dirigió una mirada de disculpa.

Por algún motivo, ese gesto pudo con ella. De pronto las lágrimas comenzaron a caer. Se volvió para que él no las viera. Leo apareció alrededor del morro del helicóptero.

El estómago se le encogió pero se negó a analizar la causa.

También apartó la vista de él.

Leo no la tocó.

–¿Nos vamos? –preguntó, haciéndose a un lado en silencio en una invitación a que lo precediera.

Mientras avanzaba a regañadientes, Natasha se preguntó ansiosa adónde, odiándolo por hacerle eso.

Rodearon un seto alto y de repente se encontró ante una villa de dos plantas con paredes blancas bañadas por el sol. No los esperaba ningún ama de llaves para darles la bienvenida. Todos los demás también parecían haberse desvanecido. Leo se adelantó y le abrió la puerta de entrada, luego la condujo por un vestíbulo de color crema y azul pálido hacia una especie de salón que por lo general sólo se veía en las revistas.

–¿Qué... es este lugar? –no pudo evitar preguntar, mirando alrededor de un entorno muy diferente de los otros dos sitios a los que la había llevado. Ni tenía la opresiva antigüedad de la casa de Londres ni el toque ultramoderno de una residencia urbana.

Se trataba de un sitio de puro lujo clásico, con cuadros asombrosos y muebles que debían haber costado una fortuna.

–Mi retiro isleño –contestó él, quitándose la chaqueta del traje para dejarla en el respaldo de un sillón.

¿*Toda* su isla?

En otras circunstancias, se habría dejado sorprender por eso, pero a partir de ese momento se negaba a permitírselo. De pie en el umbral, sujetó el bolso con fuerza y alzó el mentón.

–¿Ésta va a ser mi nueva prisión de lujo? –preguntó con voz gélida.

–No –cruzó la estancia para servirse una copa.

–¿Quieres decir que puedo marcharme cuando me apetezca?

–No –repitió.

–Entonces, es una prisión –apartó la vista de él.

Para su absoluto asombro, Leo dejó la copa con fuerza y regresó junto a ella para tomarla en brazos y darle un beso encendido.

Nunca había existido un beso igual. Pareció surgir de un lugar profundo de su interior y fluir hacia ella con un calor palpitante de puro sentimiento. La aturdió. Al apartarla, sólo fue capaz de mirarlo desconcertada.

Él le dio la espalda.

–Lo siento –musitó–, no era mi intención...

Como una mujer trasladada a una surrealista vida alternativa, se dejó caer en el sillón más cercano.

–No entiendo lo que está pasando –musitó al verlo rígido como una columna–. Me secuestras y me metes en tu helicóptero como si fuera ganado, dándome un susto de muerte. ¡Luego me traes aquí y te *atreves* a besarme de esa manera!

Él no habló ni se volvió. Metió las manos en los bolsillos del pantalón.

–¿Qué más quieres de mí, Leo? –gritó con voz ronca.

–Nada –movió los hombros–. No quiero nada más de ti. Sólo quiero que no me dejes –entonces se dirigió a un ventanal, lo abrió y salió al exterior.

Natasha lo miró fijamente y deseó ser capaz de entenderlo. Pero en un súbito arranque de furia, se dijo que no quería entenderlo, que sólo quería que le explicara esa última frase.

Con piernas flojas, lo siguió y se encontró en una amplia terraza. El sol estaba tan bajo que la cegó. Pero aún podía ver lo suficiente como para percibir que Leo no se encontraba ahí. Miró más allá y vio su camisa blanca cruzando un jardín que bajaba hacia el profundo océano no muy alejado del verdor.

Cuando Natasha llegó a un muro bajo que separaba la playa del jardín, lo vio junto al borde del agua, con las manos todavía en los bolsillos y la vista clavada en el mar.

–¿Qué pasa contigo? –demandó–. ¿Por qué me haces esto? Si es por el dinero, sólo tienes...

–No quiero el dinero.

Se detuvo a cierta distancia de él.

–¿Has encontrado el sobre? –él asintió y ella suspiró–. Entonces, ¿qué quieres? –preguntó perdida.

Él siguió sin responder y las lágrimas volvieron a caer. En cualquier momento iba a lograr quebrantar por completo su control. Pensó que tal vez era lo que buscaba. Cuando las piernas iban a cederle, se sentó en el muro.

–Eres tan arrogante, Leo –dijo con voz insegura–. Eres tan cínico sobre todo y todos. No ves ningún bien en nadie. Crees que todo el mundo busca estafarte de un modo u otro. Tu ex mujer quiere tu cuerpo, yo quiero tu dinero, Rico quiere ocupar tu lugar y ser tú. Si te interesa conocer mi opinión, estarías mucho mejor siendo pobre y feo... ¡al menos entonces podrías ser feliz sabiendo que a nadie le caías bien por ser sólo tú! Te encanta cuando crees que alguien ha demostrado que todas tus sospechas cínicas acerca de dicha persona eran realidad.

–¿Te refieres a lo que pasó esta tarde?

Lo miró furiosa, pero no pudo verlo debido a las lágrimas.

–Sí –afirmó, aunque eso no era todo–. Hoy entraste en nuestro dormitorio esperando ver a una esposa tramposa, por lo que me trataste como a tal.

–Pensé que le habías entregado el dinero a Rico. Me... dolió.

–Aunque no lo bastante como para inducirte a pedirme una explicación fidedigna antes de sacar tus propias conclusiones.

–¿Qué le firmaste a Rico? –preguntó con curiosidad.

–Permiso para acceder a una cuenta vacía en ultramar –respondió encogiéndose de hombros–. Pretendía darte el sobre con la orden bancaria ayer, pero nos... distrajimos.

«Primero por Gianna», pensó desolada, «luego por una tarde de...».

Algo cayó sobre su regazo y la hizo parpadear.

–¿Qué... qué es esto? –con recelo, alzó un sobre blanco.

–Echa un vistazo.

Lo miró largo rato antes de conseguir que sus dedos lo abrieran. Sentía los labios tan secos que necesitó humedecérselos mientras sacaba el contenido. A pesar de que había oscurecido bastante, dispuso de luz suficiente para reconocer lo que miraba.

–No... no entiendo –terminó por murmurar.

–Rasmus se lo quitó a Rico –explicó Leo–. ¿Sabes, Natasha? –añadió con sequedad–, tú posees más honor que yo. Incluso cuando te mostró pruebas de mi encuentro con Gianna en París, seguiste sin poder vengarte de mí al entregarle el dinero.

No quería hablar de su traición con Gianna.

–Firmé para una cuenta vacía –señaló.

–No obstante, firmaste Natasha *Christakis* en vez de *Moyles*, lo que significaba que Rico no podría tocar la cuenta, incluso vacía.

–Entonces, ¿de qué me estás acusando ahora? –demandó.

–De nada –Leo suspiró.

–¿Cómo lograste que Rico te entregara este documento? –le preguntó a continuación.

–Rasmus... lo convenció.

–Ah, el bueno y leal Rasmus –se mofó. Se puso de pie–. ¿Tiene esta prisión un dormitorio al cual pueda escapar? –inquirió.

–El mío.

–Jamás de este lado del infierno, Leo –le informó con frialdad–. A partir de ahora, soy demasiado cara incluso para ti.

–Entonces, pon tu precio...

Tuvo ganas de plantearle una cantidad obscena de dinero para ver cómo reaccionaría, pero no lo hizo. Al final, se decidió por la sinceridad.

–¡Un modo veloz de salir de esta isla y un divorcio todavía más veloz! –luego giró para regresar a la casa.

–Trato hecho –aceptó, haciendo que ella se detuviera después de haber dado sólo dos pasos–. Por una noche más en mi cama –explicó–, arreglaré tu traslado de aquí.

–No puedo creer que incluso tú digas eso.

–¿Por qué no? Soy el peor cínico del mundo que cree que todo tiene un precio. Si tu precio es escapar de aquí y el divorcio, *agape mou*, entonces estoy dispuesto a pagarlo... por el precio que yo estipule.

Natasha reemprendió la marcha, dominada por la indignación. Leo la siguió, sintiéndose súbitamente rejuvenecido y ansioso de luchar. Lo que había hecho esa tarde había sido imperdonable. Lo había aceptado incluso antes de verla marcharse por el camino de su casa. Lo que su hermosa y orgullosa esposa le ofrecía era la salvación y la última oportunidad de reparar la relación.

–¡Mantente alejado de mí! –gritó al oír que sus pisadas se acercaban.

–Estoy locamente enamorado de ti... ¿cómo mantenerme alejado?

–¿Cómo te atreves a decir eso? –giró en redondo con mirada dolida–. ¿Qué sabes tú del amor, Leo? ¡Ni sabrías cómo reconocerlo!

–¿Y tú sí? –replicó–. Se suponía que estabas enamorada de Rico, pero ¿dónde está ahora ese amor roto?

Natasha respiró hondo, dio media vuelta y reanudó el regreso a la casa.

Leo la siguió, más relajado cuanto más tensa se ponía ella.

–¿Sabes? Estoy perdidamente celoso de Rico –aportó desde el ventanal abierto–. He estado celoso desde la primera vez que te vi con él. Pero me negaba a reconocer lo que me pasaba cada vez que te atacaba...

–¿Con tus desagradables sarcasmos dirigidos a hacer que me sintiera insignificante?

–Quería que te fijaras en mí... ¿qué buscas?

–Me fijé en ti, Leo. Mi bolso.

–En el suelo, marcando el punto donde te besé la última vez –indicó.

Sonrojada, fue a recogerlo y luego abandonó la habitación.

–Pregúntate una cosa, *agape mou.* ¿Me viste alguna vez con otra mujer desde la primera noche que nos conocimos?

Volvió a darse la vuelta.

–¿Qué te parece Gianna en tu dormitorio, llamándome su sustituta ramera?

Leo suspiró.

–Lo de Gianna puedo explicarlo. Ella...

–¿Te doy la impresión de querer una explicación? –cortó, yendo hacia las escaleras.

A Leo le pareció la dirección adecuada.

–La puerta del centro a la derecha –ofreció–. Mi dormitorio. Mi cama. Mi ofrecimiento aún en vigor. Maldición... incluso te ofrezco una cena a la luz de las velas en la playa.

Verla dejarse caer en uno de los sillones y enterrar el rostro en las manos antes de ponerse a llorar era más que lo que había previsto.

Estuvo a su lado para abrazarla antes de que tuviera la oportunidad de soltar el segundo sollozo.

–Lágrimas no, Natasha. Se suponía que tenías que lanzarte a golpearme para que yo pudiera abrazarte y besarte hasta hacerte perder la cabeza.

–Te odio –sollozó–. Eres tan...

–Abominable, lo sé –suspiró–. Lo siento.

–Crees que soy una ladrona.

–Jamás, ni por un segundo, te he considerado una ladrona –negó–. Tengo una personalidad dividida. Puedo enloquecer de celos por Rico y aun así reconocer que eres la persona más honesta que conozco.

El llanto se cortó.

–No fue lo que dijiste cuando me obligaste a venir a Grecia contigo.

–Estaba luchando por mi mujer. Estaba preparado para decir o hacer cualquier cosa.

–Esta tarde fuiste *despiadado*.

–De manera imperdonable –convino–. Concédeme una noche en tu cama y te lo compensaré.

–¿Y mañana me dejarás ir?

–Ah.

Ese pesaroso «*Ah*» bastó para que lo descubriera.

–Y yo siempre creí que tú decías la verdad –denunció, frunció el ceño al descubrir que sus dedos jugaban con los botones de la camisa de él, preguntándose por qué les permitía hacer eso–. Hasta donde yo veía, era lo único que te redimía.

–Creía que era el sexo fantástico.

Ella movió la cabeza y vio aparecer un triángulo de piel bronceada. Olía a calidez... a Leo, masculino y tentador.

–Necesito una ducha... –ella movió la cabeza mientras le soltaba otro botón. Él le acarició la espalda–. Es peligroso, Natasha –advirtió con gentileza.

–Demasiado tarde –sacó la lengua y lo lamió.

¡No aguantó más! Se puso de pie y la arrastró con él, luego la pegó a su cuerpo antes de terminar de recorrer los escalones.

–¿Sabes qué eres? –soltó–. Una incitadora.

–¡No lo soy! –negó.

–¡Dices que me odias y luego me lames como si fuera lo más dulce del mundo! Si eso no es incitar, ya no sé qué lo es.

–¡Aún sigo decidida a no acostarme contigo!

–¿No? –la soltó y sus dedos se ocuparon con los botones de la chaqueta, que voló por el aire y reveló un negligé tenue. Luego llevó las manos a la espalda de ella para poder bajar la cremallera de la falda–. Cuando pienso en el sexo que tuve con mujeres elegantes y sofisticadas... –apretó los dientes.

–No quiero oír hablar de tus aventuras con otras mujeres –protestó, tratando de impedir que la desvistiera.

–¿No has oído nada de lo que te he dicho? –inquirió–. ¡No ha habido ninguna otra mujer desde que te conocí! Antes, no es asunto tuyo.

–¡Entonces no hables de ellas!

–Intentaba remarcar un punto... ¡que el sexo sin todo este loco torbellino emocional es sexo sin sentido! Aunque tú jamás lo vas a averiguar.

–Puede que sí... después de esta noche.

A punto de quitarle la falda, dejó de moverse.

–¿Es que te vas a quedar a pasar la noche conmigo?

–Quizá –indicó con frialdad–. Supongo que depen-

derá de lo que vayas a contarme acerca de lo que ha-
cías con Gianna en París y si decido creerte.

Se apartó de ella para estirarse en la cama.

–No era un hotel en París –afirmó sin rodeos–. Era
una clínica exclusiva y privada cuyo exterior se ha
construido para que parezca un hotel, y Rico sabía que
cuando te mostrara la imagen, porque Gianna ya había
ingresado allí innumerables veces...

–¿Una clínica que se parece a un hotel? Qué conve-
niente –comentó con ironía–. Y lo siguiente que vas a
decirme es que fue casualidad que te toparas con ella
en las escaleras.

–No. Yo la llevé –suspiró–. El modo en que te clavó
las uñas en el brazo me hizo decidir que ya era hora de
mostrarme duro. Tienes que conocer algo de su pasado
para entender a Gianna –continuó–. Cosas que yo no
supe hasta después de casarnos y que tuve que averiguar de la forma dura –reconoció–. No es una mala
persona, sólo un... un muy triste producto de una edu-
cación enferma en el seno de una familia rica pero co-
rrupta que le enseñó que el sexo era equivalente al
amor.

–Oh, eso es terrible –murmuró.

–Y es su historia, no mía para que la cuente. Así
que deja que sólo te diga que llevábamos unos meses
siendo amantes cuando me dijo que estaba embarazada. Desde luego, me casé con ella, ¿por qué no? –la
pregunta casi se la dirigió a sí mismo–. Era hermosa,
una compañía estupenda y a punto de convertirse en la
madre de mi primer hijo. No vi ningún problema en
serle fiel. Pero dos semanas después de casarnos, la
sorprendí en la cama con otro hombre. Intentó explicarme que no significaba nada... pero sí significó mucho para mí.

–¿La echaste?

–Me marché –corrigió–. Una semana después perdió al bebé y en toda mi vida me he sentido peor o más culpable por algo, porque al irme me permití olvidar la vida frágil que Gianna llevaba en su interior. Ahí sufrió su primer colapso nervioso, que la llevó por primera vez a la clínica de París. Fue durante su estancia allí cuando salió la verdad sobre su pasado. Porque me inspiró pena y porque necesitaba a alguien que cuidara de ella, volví a incorporarla a mi vida.

—Porque la amabas —murmuró Natasha.

La miró.

—No voy a mentirte, Natasha, y decirte que ya no significa nada para mí —afirmó sin ambages—. No entré en el matrimonio esperando que acabara como lo hizo. Pero ¿amarla? No, jamás la amé como das a entender tú. Pero me importaba y aún me importa y, créeme, no hay nadie que se ocupe de ella.

Se puso de costado para observarlo.

—Entonces... ¿cuidas de ella? —preguntó midiendo sus palabras.

Él apretó la mandíbula.

—No me acuesto con ella.

—No fue lo que te pregunté.

—Pero lo sigues pensando. No he vuelto a acostarme con Gianna desde que la reincorporé a mi vida. Además, a los pocos días de llegar a Atenas ya tenía otro amante —se encogió de hombros—. El hecho desagradable de que no pueda evitar usar el sexo como un sustituto del amor y el cariño no es culpa suya, pero yo no podía tolerarlo, aunque luchamos por sacar el matrimonio adelante durante unos meses antes de que me marchara definitivamente.

—De acuerdo. Sigue importándote. Cuidas de ella. No te acuestas con ella —enumeró—. ¿Esperas que yo también la acepte como parte de mi vida?

—Diablos, no —le dio un beso intenso e inesperado—. Esa parte se acabó —prometió al retirarse—. Finalmente ella mató los restos de mi culpabilidad y simpatía cuando comprendí que había sido demasiado fortuito que Rico nos sorprendiera en los escalones de la clínica.

–No entiendo...

–A Gianna se le da bien seducir a la gente para que haga lo que ella quiere... pensándolo bien, también a Rico. Ella te quería fuera de mi vida y él quería el dinero. Júntalos, sumando el hecho de que Rico sabe lo que Gianna siente por mí, y tienes una gran conspiración para que entregues el dinero y al mismo tiempo te marches de mi vida.

–Oh, eso es algo tan enfermo...

–Así son Gianna y Rico –reconoció Leo con pesar–. ¿Y ahora podemos hablar de nosotros? ¿Qué quieres *tú*, Natasha? –le preguntó.

Vio que se trataba de una pregunta seria.

¿Qué quería de verdad?

Sintió cómo le acariciaba los pómulos, el peso de sus muslos presionándola contra la cama, vio la alianza que le había puesto en el dedo brillar a medida que el último resplandor del sol encendía el oro.

Entonces lo miró a los ojos oscuros.

–A ti –musitó–. Sólo te quiero a ti.

Leo vio que le temblaron los labios, vulnerable en esa declaración, como si aún la asustara abrirse a él con la verdad.

Se levantó de encima de ella para abandonar la cama y subirle la cremallera de la falda.

–¿Por qué lo haces?

–Olvidaba una cosa –también le abrochó los botones de la blusa.

Luego le tomó una mano y la condujo fuera del dormitorio y escaleras abajo. Y al salir otra vez por el ventanal, Natasha contuvo el aliento sorprendida.

Se había preparado una mesa para dos y Bernice se apartaba de ella en ese momento.

–*Kalispera* –le sonrió a los dos–. ¿Están listos para cenar ya?

Leo respondió en su propio idioma mientras conducía a una silenciosa Natasha a la mesa y con cortesía le apartaba la silla.

–¿Qué está pasando? –logró preguntar desconcertada.

–Cuando planifico algo tan cuidadosamente, por lo general lo llevo hasta el final –explicó todavía de pie–. La sorpresa que te prometí. Veo que la has olvidado.

–Oh –murmuró, porque era cierto que lo había olvidado.

Leo sonrió al sentarse, alargó los brazos y le tomó las manos.

–Natasha, éste es mi hogar. Mi verdadero hogar. Los otros sólo son lugares convenientes que utilizo cuando necesito un sitio donde quedarme. Pero esta isla siempre será el hogar al que regrese.

–Bueno, eso... eso es agradable –repuso, preguntándose adónde quería ir a parar.

–Más que agradable, es especial –la miró con intensidad–. Estoy loca, salvaje y celosamente enamorado de ti, *agape mou*. También estropeé esa parte al decírtelo antes –sonrió–. Pero te amo. Si ya no fuera demasiado tarde, estaría aquí sentado pidiéndote que te casaras conmigo. Pero como ya he realizado esa parte, lo único que te puedo pedir es si quieres vivir aquí conmigo, Natasha. Comparte mi hogar conmigo, ten a mis hijos y críalos aquí conmigo, y haz de este griego cínico un hombre muy feliz...

Natasha no supo qué decir. No había ido allí esperando oír eso. De hecho, había ido creyendo que se odiaban.

Leo le apretó los dedos debido a un tic porque no recibía la reacción que deseaba.

–¿O es que he arruinado mis oportunidades esta

tarde? –añadió. Ella negó con un gesto de la cabeza–. Entonces di algo... –instó impaciente–, porque siento que me hundo muy deprisa...

Era ella quien se hundía deprisa bajo su hechizo.

–Sí, por favor –susurró.

Leo musitó algo inaudible y se reclinó en la silla. Rió sin humor.

–¿Serías tan amable de explicarme qué es lo que abarca exactamente ese cortés *sí, por favor*?

–Esperas que te lo diga, ¿verdad?

–¡*Theos*, si no me amas, entonces tengo a otra mentirosa, porque cada condenada cosa que haces me *dice* que me amas!

–De acuerdo... ¡te amo! –anunció con acaloramiento–. Te amo –repitió–. Pero sigo enfadada contigo, Leo, de modo que no son palabras que salgan con facilidad.

–¿Enfadada por qué? –preguntó irritado–. Ya me he disculpado por...

–¡Me diste un susto de muerte cuando me trasladaste en el aeropuerto!

–Yo me asusté más al pensar que no iba a llegar a tiempo antes de que te fueras.

–Oh.

–Oh –repitió él, luego se puso de pie–. Nos vamos de vuelta a la cama.

–No podemos –logró decir cuando la tomó de la mano–. Bernice...

–¡Bernice! –llamó cuando entraron en el vestíbulo–. No sirvas la cena. ¡Nos vamos a la cama!

–Dios, ¿por qué tienes que ser tan brusco? –quiso saber abochornada.

–De acuerdo..., ahora hagan bonitos bebés... –les llegó la serena respuesta.

–Hasta Bernice sabe que la brusquedad es lo mejor –giró la cabeza y le sonrió mientras subían las escaleras.

–¡De acuerdo! –se detuvo con enfado y desafío–. ¡Te amo! –repitió a voz en cuello–. ¡No sé por qué debería amarte, porque, para decirlo sin rodeos, me pones de los nervios! Pero...

La atrajo hacia él y la besó allí mismo. Natasha le rodeó el cuello con los brazos para no irse hacia atrás.

–¿Por eso me amas? –insistió cuando concluyó el beso.

–Quizá tengas razón –concedió ella–. ¿Crees que podríamos comprobarlo un poco más, por favor...?

Bianca™

**Está embarazada de un jeque pero…
¿se convertirá en su esposa?**

Tariq, príncipe de Du-
baac, tiene la obligación de
engendrar un heredero, y
necesita una esposa que le
obedezca… día y noche.

Por un extraordinario
giro del destino, Madison
Whitney se queda embara-
zada de Tariq, pero Madi-
son tiene una carrera
brillante, y no es precisa-
mente una mujer sumisa, por
lo que Tariq tendrá que con-
seguirla utilizando la seducción e incluso el secuestro…

La novia rebelde del jeque

Sandra Marton

Acepte 2 de nuestras mejores novelas de amor GRATIS

¡Y reciba un regalo sorpresa!

Oferta especial de tiempo limitado

Rellene el cupón y envíelo a
Harlequin Reader Service®
3010 Walden Ave.
P.O. Box 1867
Buffalo, N.Y. 14240-1867

¡Sí! Por favor, envíenme 2 novelas de amor de Harlequin (1 Bianca® y 1 Deseo®) gratis, más el regalo sorpresa. Luego remítanme 4 novelas nuevas todos los meses, las cuales recibiré mucho antes de que aparezcan en librerías, y factúrenme al bajo precio de $3,24 cada una, más $0,25 por envío e impuesto de ventas, si corresponde*. Este es el precio total, y es un ahorro de casi el 20% sobre el precio de portada. !Una oferta excelente! Entiendo que el hecho de aceptar estos libros y el regalo no me obliga en forma alguna a la compra de libros adicionales. Y también que puedo devolver cualquier envío y cancelar en cualquier momento. Aún si decido no comprar ningún otro libro de Harlequin, los 2 libros gratis y el regalo sorpresa son míos para siempre.

416 LBN DU7N

Nombre y apellido	(Por favor, letra de molde)

Dirección	Apartamento No.

Ciudad	Estado	Zona postal

Esta oferta se limita a un pedido por hogar y no está disponible para los subscriptores actuales de Deseo® y Bianca®.
*Los términos y precios quedan sujetos a cambios sin aviso previo.
Impuestos de ventas aplican en N.Y.

Jazmín™

Proposición con diamantes
Trish Wylie

Quinn Cassidy, un ejecutivo de Manhattan, no creía en el amor. Era la clase de hombre que las madres querían lejos de sus hijas.

Pero cuando contrató a Clare O'Connor, empezaron a suceder cosas para las que no estaba preparado. Quinn dejó de tener control sobre sus emociones y Clare se convirtió en algo más que su bonita y eficiente secretaria... Clare le llegó al corazón.

El millonario playboy estaba en un aprieto. Su relación con las mujeres siempre había sido fácil, sin compromisos, pero ahora debía ir con cuidado si no quería perder a aquella joya de mujer.

Estaba viviendo un cuento de hadas en Nueva York

Deseo™

El millonario italiano
Katherine Garbera

Marco Moretti, un exitoso corredor de
Fórmula 1, y su familia, sufrían una
maldición: eran capaces de conseguir
amor o dinero, pero nunca las dos
cosas. Eso no había supuesto un problema para Marco... hasta que conoció a Virginia Festa.

Virginia, decidida a terminar con la
maldición, que también afectaba a su
propia familia, estaba convencida de
que lo lograría quedándose embarazada de un Moretti, siempre y cuando
no se enamorara de él. La química
entre Marco y ella era electrizante y la
solución parecía simple, pero engen-
drar un hijo de Marco creó una situación imposible que podí
acabar con su plan: los dos se enamoraron.

**¿Conseguirían levantar la maldición que ya duraba
tres generaciones?**